続 坂井修一歌集

現代短歌文庫

砂子屋書房

続 坂井修一歌集☆目次

『ラビュリントスの日々』(全篇)

I 一九七九年〜一九八三年春

『ジャックの種子』（全篇）

I

歌論・エッセイ

坂井修一略年譜

続　坂井修一歌集

歌集　ラビュリントスの日々（全篇）

I

一九七九年〜一九八三年春

Ich log

Ich log! Ich log! Ich bin nicht alt,
Ich bin nicht satt vom Leben,
Hermann Hesse

雪でみがく窓　その部屋のみどりからイエスは離《さか》りニーチェは離る
不可知といふ予感はるかに烟らせて研究室にかをる煙草は
友よぼくはここを動けぬデラシネだ腐る華麗な知恵の死体だ

ヘルミーネ、何越えたくてぼくは会ふその夕暮れの痛き笑ひに

ミネルヴァの楯

夕虹を呑むつかのまは晒されて麒麟ののどのしきりにうごく

流星群ざあとひらきてその傘下われ衒学の徒と呼ばれをり

学説を捨てると言ひて笑まふとき万年講師の夜は華やぐ

月沈む研究室の格子窓めざむれば独房のごときよ

鶏頭のまぼろし見ゆと告ぐるとき静かなる火をわれは継ぐべし

ユリシーズほど巧妙でないにせよ朝は来ぬ濃き髭面をして

青乙女なぜなぜ青いぽうぽうと息ふきかけて春菊を食ふ

生物学用語のやうに「愛」といふわれに優しき文の来てゐる

葡萄色の遊戯と知りてかなしめば夕霧はひとを閉ざしてゆきぬ

射す月の千里をこえて旅ゆくをひと夜と呼べり恋ふるものらは

恋を知らぬわれのためにと母がよこす馬鈴薯に薄くバターを塗りぬ

アポロンやその弓よりも弦《つる》よりもはげしく撓ふ夜々の草花

根津駅の雪の階段のぼりつめ鉄砲坂で夕暮れに遇ふ

青の谷間に

吾《あ》の植ゑしいちじくの葉がくろぐろと通風口を覆ひてゐたり
よごれ水呑みゆく繊き口と思《も》ふこの鉄錆《かな》びし橋わたるとき
籠に飼へぬ頼家蛍と吾がことを呼びし母はや呼ばぬ父はや
聖霊にちかづく午後をゆつたりと河豚料理屋は目覚めゆくなり
俺を歪めた女よさても琵琶鱒の朱点に箸をずぶりとさしぬ
串の魚しだいに姿かへてゆく君と火中《ほ》に見つめてあれば
五本づつ脚わかちあひ食ふときのたらば蟹の目あはれむごとし

脚のなき蟹運ばれて濃くにほふ畳ばかりが海のやうなる

なだらかな胸もつもののひとつなり狂ほしく蒼き乙女呼びだす

前髪をあぐれば額《ぬか》に火照りたるカインの印君には遣らぬ

耳といふ薄き冷たき肉にまでわが愛憎はゆきわたりたる

肩抱けば崩るるやうに散るやうに罠を仕掛けるやうに黙りをる

抱きあへぬ魚ひとつがひ池の辺のわれらのさまを長く目守りぬ

会ふときは胸かろがろと笑む女《ひと》をあはれに太き動脈走る

偏狭な政治の季節あざわらふわれに偏狭な〈知〉の季節あり

校廊を拭きぬわれらの数学はパスカルにとつて道楽たりし

マラマッドと電燈持ちてきて戸を叩く若き守衛にだけ明日を語りぬ

われに翼あるならそれを切り落とすと母そして今また君が言ふなり

追ひつけぬ予感か春の九十九折り先に林檎を食む人きみは

みどりの髪十万の編む春帽子わが掌《て》のなかに脱ぎ捨ててみよ

水族館《アカリウム》にタカアシガニを見てゐしはいつか誰かの子を生む器《うつは》

八重桜眠たげに咲く夕凪をわが静脈は鬱としびれぬ

竹橋

捕虫網持ちてひとりの歩む街ほそぼそと風の影うつしつつ

橋桁に縄からまりて垂《さが》りたりわがうぶすなは西方にあり

尽きせざる都の黒き水の上《へ》を二十二歳の翁はわたる

直立し川を越えゆくこの奇異な種《しゅ》の一個体われが映りぬ

流れ去る者とし見ればまぼろしの船頭らみな口笛を吹く

＊

死者兄もふるへて水を呑むゆふべ宇宙の星にむきて目を閉づ

頬白の籠朝顔の添木など秋は不在の風に吹かるる

饒舌な闇のかたへに捨てられし蝙蝠傘《かうもり》くろき花をひらきぬ

犬病みてにんげん我に語りたる全き服従の快楽《けらく》をおもふ

かろがろとわれの歩行を追ひぬける十一月の風のもみぢよ

のつぺりとビルが落せる影の端《は》を窓ふく人の影すべりゆく

秋　薊

生鮭が緋をさらしをる厨辺にながき手紙を読みはじめたり

紙箱のそこひに闇の唐辛子幾百の鋭《と》きまなことなりぬ

アメリカを語らぬゆふべ出で来しにあげ潮の河赫くうねれる

歓談の夜もにくしんの怒る夜もひろごりて緑ふかき芝草

眠り込む母の辺《べ》薄き文庫本ガートルードが先に死にゆく

向股《むかもも》をむかひあはせて父と居る　この放擲に似しやさしさ

ドミートリイ・カラマアゾフも長兄と言ふとき父の秋はさびしき

エッシャーの図式追ひつつ夕暮れて窓の高さにある秋薊

書き終へし論文の上《へ》に眠りゆくあかときのひかり浴みつつわれは

故郷の部屋

（一）

滅びざる種《しゅ》はあらざれば人心は科学に劣ると思ひし部屋よ

地獄変―その文体の端端の火柱恐れつつ恋ひしかな

尻裂けし父のニッカーボッカーズ相撲勝ちたる日より親しも

抜け出して草に寝るわれ見つけたる担任教師のふためき恥《やさ》し

少年ら巣づくる昼の公園にえごの木は小さき瘤をもちそむ

数学に勝ちて恋にも勝ちし道　さびし卑小な満悦なども

錨をば港に船をば沖に沈め船火事の夜のわが身ただよふ
わが空を駆けりゆく雌《め》のケンタウロス赤銅の四肢縛りあげむか

（二）

さあれわが琴線を弾く矮鶏《ちゃぼ》の朝とつとつとして愛告げにゆく
くさはらを足無き蛇らおよぎゆくそのしろがねの響きやさしも
充足にとほきを思《も》へばほろほろと蟹は逝きたり甲羅のこして
ままならぬ憧れのはて弓弦《ゆづる》引きコック・ロビンをわれは殺しぬ

（三）

走る水乱るる水の浄ければするどき目して祖父はしりぞく

政治死も情死もなさず老いしその八十路《やそぢ》を落ちて椿汚ると

一朝に物となりしは何ならむキアゲハの翅しづかに剝がす

雄花・雌花のごとく唇《くち》寄せ遊ばむか　祖父の死相のまぶた下ろして

スポークの回転地獄、四肢並めて卑属は汗のサイクリングす

闇ぬちに出づれば匂ふこの家に多きかな夭《わか》き死児と蝙蝠

愛しつつ断念したるドイツ語でグンートヒェンがわれを呼ぶ声

（四）

岨《そば》ゆける早発《はやだち》の人ぞなつかしき異郷の村の夏のかたちよ

いづかたもなく消えしゆゑ美しむ馬鈴薯花群いちまいの白

藻類のなびく深みへ魚もどり八月の空さらに深しも

物思ひ過ぎたる日々の〈青年の殻〉捨てしゆゑ醜きかわれ

凶　事

のどぼとけ天にさらして真夏日の水飲む塔よわれとひまはり

裸《ら》の男ムイシュキン過ぎ知の男ナルチスも逝く　青春あはれ

みかづきは弓弦《ゆづる》なき弓　絞られつおほぞら渡るとほつ夜の武具

皮一枚はがれしごとく地の面《おも》を離《か》れし新聞踊りやまずも

われとわが歌は凶事《まがごと》　雷《らい》の木のあらはれ消ゆる心の闇夜

わが生きむおほき組織を憎む女《ひと》赤子のごとく好《よ》かりその顔

アベルにもありし荒《くわう》の夜なべて世に好まるること少しつまらなき

さもわれは文明の子なり　ビルの頭《づ》をかんかんと打つ空の夕焼け

工学も思へばなべて一行のボードレールにしかず、さりとて……

光年

月天心いづこか君がざんばらの髪を湯にとく湯はわが潮《うしほ》

一合の酒に酔ふ噓くしやくしやの噓　ゆつくり女《ひと》を離す夕闇

ヤブキリの腹の模様の過ぎしあと草を倒して座るおまへよ

父上京、あまねく無言の灯を消せばわが背後までフロイトの闇

光年のかなた大熊小熊ゐるくろき野に向きつつしまむかな

濃《こ》みどりの闇の底よりもどりきて秋津おづおづわが窓を訪ふ

ひらひらと渡りてをみな月揺する浮桟橋よわれの余生よ

しばらくは滅びぬわれの肉のうち青くさびしき火などを燃せり
官能のさざなみのなか泳ぎきし大かたつむり角《つの》をひからす

ガリレオの額

つつしみて傷なき午後に思ふときガリレオ＝ガリレイの額はくらし
日は憩ふおほぞらの芯　知ることも知らすることもせず生くるなよ
裁判所の階梯をゆくガリレオが死の遠近を見定めし日よ
論争をなさず笑ひし冬あるか十七世紀の手のとほめがね
遊星のひかりに遅れ目覚めゆく学園の木よ若くし老ゆな

アメリカの論の後追ふ学会が果てしのちわれは阿蘇を見にゆく

風巻きて崩《く》ゆるつかのま人体はなほ直線にとほきみだらよ

死なば彼《か》も元素とならむユダヤ人《びと》シャピロ博士の〈神〉のゆくへよ

兵役のシナイを去りて三年後君はエホバを語らずなりき

江　戸　川

言ひ終へて言ひきらざるを悲しみぬ冬の江戸川ただにみなぎる

心見えねばわれとは何ぞ草洗ふ江戸川の波ひくくつめたし

くちびるを触れあはず言ふ鶴の愛自浄のごとし自縛のごとし

発端は愛か憎悪かされどわれ永続すべき表情はなし

悪心のみたびは来つつ明けぬ夜をいたくしづかに月渡るなり

明暗のいづれともなき生ならむしづかな霜を雀は踏みぬ

ゆるやかに冬の骨格崩《く》えなむと記してあやふき放心の窓

月出でて月赫きかな東京は人を殺すと一彦言へり

ふはふはと水圏を離れ飛《か》ぶ魚の銀のしじまのごとし眠りは

修論を終ふ

玉かぎるゆふべの影となりつつぞ説を争ふは生きゆかむため

しづかなる修論審査の朝にしてさらさらに濃きおのれ見つむる

思ひつつ踏む赤土ぞあざらけき蜱《いとど》の卵冷えて生きつぐ

すんなりと究めしごとき顔すれど見抜かれてゐむ論の曲折

月しろの高きにいよよ迷ひをり学または歌・学および歌

II　一九八三年夏〜一九八四年初夏

梓川

穂高・槍はろかに見つつこれよりは急《せ》くほかはなき梓の水よ

揺れ揺るる梓川こそさびしけれどこへ行くとも夏の果てなり

波ひくき川なれど疾《と》し梓川父を超えねば生くるあたはず

ここまでは表裏なき生ならむ乗鞍の松に遭ひて別るる

見上ぐれば狂《ふ》れよとばかり山澄みていやおうも無しわれは立たさる

這松は雪をつかみてひそかなり声なきものはいかに狂はむ

わが狂気鈍しとおもふ昼となく夜となく山を見つむる人よ

たはやすく歴史になると思ふなよわが禁欲もわが政争も

禁欲は強欲ゆゑにくづれざり闇よりも濃きおのれ眠らす

あぢさゐの灯

われはかく心弱きになりにつつひさかたの日を見上げてゐたり

青葉照り青葉は翳るひともとの見たるかぎりの〈青〉ぞかなしき

燃ゆるごとき悲しみさへも語らぬはつひに卑怯か卑怯にあらず

われの孤は絶対にして渡せざりひと美《は》しけれどひと愛《を》しけれど
迷妄もさもあらばあれ生きゆくに捨てえぬものは持つほかはなし
植物のしづかなる死を讃ふれど迷妄の海にわれは死すべし
告ぐるごとき沈黙にして深からむ沈黙はげに女《ひと》を泣かしむ
あぢさゐの灯《ひ》を見るまでは耐へたるにどうと崩れて心死にけり
魔の住むと思《も》へば魔の住む樹下に立ち赤くはげしも約さむこころ
心底ゆ言ひしことばに違《たが》はねどまことかうそか吾《あ》も知らぬなり
夏の花赤《せき》大輪にあらねども散れよと見ればしづかに散れり

遊歩すら心すずろになさざるをなんぞ浮草の数かぞふるや

心こそ肉より先にくづほるれ天つ雷《らい》降るせまりきて降る

鳴　門

激情のやつるるまでは見定めよ近代の潮・上代の潮

海ひとつ力となりて押し寄する紺青さても海こそはうた

くづほるる男波・女波の潮の声あなに苦しもよびよせて聞く

おもむろに引き裂かれつつ人魚姫飛沫となるはむしろ羨《とも》しき

踊るより踊らぬ阿呆親しけれさらさらと風のわたる桟敷に

阿波の笛ひよろろと鳴りて鳴りはてぬ愉しくもはた悲しき闇夜

風宮

遊べ遊べ二見浦《ふたみがうら》の燕魚しづかにおもく夏は尽きたり

ひた目守《まも》る愛をおそれてゐたりけり摘まねばいよよ赤き鶏頭

すべなくも見尽くさむとはさびしけれ黄道の光・白道のひかり

なかぞらにひとつ悲しみは返すべしつばめ涼しき伊勢風宮《かぜのみや》

つくよみを闇のうなばら抱きおろすひと夜は覚めて過ぐしがたしも

喧嘩次郎兵衛

秋ざくら倒れしままも不浄にてわれはしづかに踏み越ゆるなり

科学には心そぐはぬひと日あり〈消極〉といふ語を住処とす

吾《あ》が決めし江古田八景めぐりきぬよるべなしここを去るも去らぬも

つきつめてゆけば工学も文学もわれを救へぬものかもしれぬ

疑へばまだ疑へるわれならむひと声にして暗し馬追虫《うまおひ》

英雄にあらねばえうなき身こそ置け人の帰りし研究室に

コンピューター人滅ぼすといふ論の甘けれどわれはおそれつつ聞く

工学なぜ信じきれると問ひたかりまぎれなく吾《あ》も工学者なれど

大脳にちかづく機械見つつゐてかぎりもあらず夜の迷妄は

おもむろに葡萄ひとふさ切りて去る手を待つごとし明日を思ふは

*

たはむれに妻あやめたる三島宿《じゆく》喧嘩次郎兵衛はさびしく太る

次郎兵衛の素心常人の素心とはやや異なりて冬雲をよぶ

閻魔を迎ふ

もの言はず満山紅葉《もみぢ》なだれゆけここ明暗の〈暗〉のはじまり

わが夢に日光紅葉散りしくは神の徒労ぞ徒労うつくし

執《しふ》ふかく命とぼしきわれの窓えんまこほろぎ閻魔を迎ふ

破魔矢にもしづかなる魔は宿りつつ今生ぞ濃き小春日和よ

雷帝の父もつは羨《とも》しまた悲しかき鳴らさむかアポロンの琴

峨眉山の空まむかひに見し夢ぞ逆夢なれどしばし嬉しき

光陰に裏切られむか塞翁に馬あるも鬱馬なきも鬱

修 善 寺

わが卑怯女《ひと》の卑怯よ向きあひてならぶ並木の木々に雪降る

いかやうにも見苦しきわれか物言はぬ時々刻々をむしろ生きゆく

もの言へばことごとく吾《あ》は貧しかり天の山羊座ざさまよふごとき

性欲にことに烈しくあらがひし月満つる日よ月欠くる日よ

死なむ日の遠近おもふ修善寺やまだしもわれは女欲《ひと》りやまず

酒ありて紛るることぞ愚かなる冬の狩野川水澄まぬかな

進退をもはや言ふべき時ならずさればとて澄むひと生《よ》でもなき

過ちに帰すべからざり政争のひとつにぞわが身裂かれしことは

冬の椅子

月の円《ゑん》揺るるなく空のぼるとき沈黙の冬身を領すべし

生きいそぐ一語はげしきラボの椅子喜連川《きつれがは》博士われを非難す

歌よみも学者もしよせん空しきと言ひかけて言へず見据ゑらるれば

無限時間のあらばとは誰も言はざらむ夜の端末に未来をば打つ

戦《いくさ》びとアルキメデスを思ふ夜ぞあやふき境界をわが学ももつ

全《また》きものにあらぬと知ればややに好《よ》きコンピューター一基灯を消し帰る

わが非才嘆くのみなる電話器にゆつたりと女《ひと》は笑みてゐるなり

＊

胃アトニーの博士しづかにわが論を聴きてをりしが首を振りたり

愛《いと》し愛しいよよかぐろき我が身いとしコーヒー茶碗の欠け落ちにつつ

闇ぬちにさまざまの怪描《か》きながら錯誤の論よまだ滅びざる

残雪の泥まみれなる木下闇わが心ここに葬《はふ》りもならず

外《と》の氷ぴしりと鳴りて終夜《よすがら》のわが執心を打ち落とすなり

夜すがらの心今しも痩せはてて赤札堂に飯《いひ》を買ふなり

蜜柑山

いと重き温州みかん実るまで迷ひ狂へよ狩野の川水

まんまんと狩野川くだる黒き水激情あればわれはしたがへ

樹にたわわ蜜柑はみのりしづけさや父の地平を捨つるほかなし

父の白石《しろいし》わが黒石と置きかへてともども崩す冬の夕陽よ

ここに来て見定めがたしと言ふなかれ近代のはて蜜柑山照る

オリオンはつね憎まれてゐたりけり精神の血をしたたらせつつ

怒りもて報ゆることもあらざらむいよいよ濃きぞ一握の闇

春雷

目にせまる一山の雨直《すぐ》なれば父は王将を動かしはじむ

歩道橋したたり落つるひさかたの春のひかりは撥音をもつ

空ふかく春雷ひびき飛ぶは見つわれは魚食ふをとことなりて

ひたぶるに言葉殺さば明日こそは楽しかるらめ夜ごとにおもふ

冷蔵庫にもたましひありて嘆かふと女《をみな》は悲しくぐもりて言ふ

炎天の瓦のごとき怒り湧くふたたびにしてわれは眠らず

首重の松

闇のなかに疼くがごとき恋ぞあるただひとたびを生きて死なむか

小倉山に風はながれてゐたりけりわが見るなべては散りゆかぬかも

空につづく石段をここに見上ぐれば千秋われに届くがごとし

嵯峨野来てはや言ふべくもなき恋は水のかなたに陽の死するまで

分身のごとき憎しみ出づるまで背中あはせに春はふかみぬ

背《せな》ぬくきあづまをとめは物言はずはこべら持ちて遊ぶなりけり

しづかにも女《め》の遊びなす人はゐて入日はながく余光とどめぬ

陽光にとほき身なれどひかりやまぬ蛇の膚《はだへ》は寄りくれば見ゆ

谷揺りて湧く万緑のひとつなる首重《くびおも》の松われは別れき

獅子のまなこ

ゆつくりと獅子のまなこは開きたり氷りてしづむ天涯の碧《あを》

獅子の身の一頭伏して雲うごく真日中《まひなか》の心ものを思はず

わき出づるうすら若葉に咳こみて吾《あ》が統一はひくく破るる

計算機守《も》りておのれを滅ぼすやからうかうとしてオリオンの壺

眼球に血の怒りあるゆふべにぞ鴉のこゑはとぎれ響ける

黄緑《わうりよく》の畳に刺せるコンパスよ完全静止を保《も》つはゆるさず
蟻穴を純一の蟻つづき出でて春はも寒し昼の月浮く

霧島

蠍座のくれなゐ星は地に触れぬ夜ごと夜ごとのかりそめならず
なかんづく一か零かに帰すべきは蟬声に飽くわが身ならむか
動かざるコンピューターを取りかこむ男らの汗顎をひからす
黒点《こくてん》とふたたびなりて燕去れば吾《あ》は論文にひきもどされつ
ひたぶるにじつとしてゐたり見ぐるしきわが魂を見ざるべからず

やがてわが死なむためなる方便にすぎざり歌も工学もまた

アメリカの博士はあかき舌まはし明日を言ふなりわが親しまず

生きいそぐを好まねどわれはパジャマ着て業房ふかくキーを打つなり

雲底のまたき平《たひら》を目はたどる暗しや女《ひと》をむさぼりかねつ

見ればなほ巨木とならむとどろきに杉は揺るるか音ひくくして

昼ふかくくたびれてまぶた撫づるとき混濁は海なしてちかづく

二つ三つかみそりの傷ほの紅《あか》きわれはしづかな破戒僧なり

霧島はひかりの花を落すとぞひた落すとぞさらばファウスト

長男は死ねざればば悲しやうやくに朝明けはきて槐を照らす

Ⅲ　一九八四年夏〜一九八六年春

羽咋

歌捨ててひと捨ててわが身を浸す羽咋をぐらきうなぞこの潮

気多に至る自転車こぎや灰色の海の空より風ながれきぬ

なだらなる自転車道に吾《あ》を越せる女高生しろし脛もうなじも

海見ては山に嘴かへすかも羽咋の鷲よ羽咋の鷲よ

あえかなる光はらひて気多の山の蜘蛛を落せりわが手の指は

柴垣にちかき海にぞてんてんと岩並び岩の上《へ》にかもめ立つ

風やめば能登金剛の松もみな首をゆるめて憩ひてをらむ

小さなる魚影よぎりしわがめぐりふたたび能登の潮揺るるのみ

振りきりてゆくためならず泳ぐ泳ぐ鉛つぶのごときしぶきあげつつ

ブイちかき潮はも不意に冷たきに大鮫のごとき岩影なびく

うす雲のふところにしろき日がゐるをクロールわれは見つ顔あぐるたび

カーテンの襞並行にそろひしより外燈こぼれきぬややに黄ばみて

入善《にふぜん》を列車過ぐるころしんしんと薫る鱒寿司食ひはじめたり

夏の凪

とがり波しづかに分けて五月雨は降りそそぎをりわれは癒えきつ

夏星座しんかんたるを迎へたつ石畳道《いしだたみみち》呼吸はひくし

精神のひたぶる弱きところより昼月みればただに白かり

プラタナス重きわが背を受けとめよ雷《らい》寸前の夏雲ぞ好《よ》き

空のぼる積乱雲下のやまと蟻あぶらのごとき沈黙をせり

目を閉ぢて川中に立つわが素足しづかに夏の流れを乱す

一献はのみどを降《お》りてふたたびを燃えのぼりきぬ我たわいなし

胡桃割つて八月の気にひびかする決意の音はさびしかりけり

魚の顔のたりと寄りて吾《あ》を見つむ酔ひざめのごとうすら明るく

天涯はゆつくりと火ををさめゆき無念のごとし夏の凧舞ふ

落ちよとぞ眼《まなこ》さだめてわが見るも夏大凧は動かざりけり

連凧のなほよぢのぼる夕空に寒き明星は出でにけるかも

死よりなほ生こそ選ぶすべなきか炎昼の象脚を凍らす

休　屋

山上に耶蘇ありし日を忘れざれど死すべきものを恐れやまざり

カインの徒ひそかに水をすくひをり刃のごとひかる休屋《やすみや》の水

衣食のみにかかはる一喜一憂のみだりがはしく楽しや餐は

大落暉眼前にしてしづかなる連峰の鳶翼《よく》を返さず

ひたぶるに己を逃がす夢果てて十和田薄明の雨音を受く

みづうみは真鍮びかりすわが立てばびりびりとわれの脚冷ゆるのみ

火の色の蜻蛉《あきつ》ばかりが飛ぶ岸に鶺鴒ゐるはをとめのごとし

文学の日

ふたたびの春を待つ日にあらざればブラッドベリイを読みてゐたりき

美しき暴力としてわれは飼ふ冬のアメリカ〈声〉のアメリカ

おもむろに十六夜《いざよひ》月は雲を乱しをり悲運てふ死語をわれは忘れよ

明暗をおもふは強きことならず動かざる木にわれはしたがふ

激流に呑まるるごとく滅びたる言葉しづかに忘れ去るべし

静動のうつろひやすき一日を文学の日と呼びて許さず

Ｆの死

蹂躙し蹂躙さるる声ひくき研究会の窓を閉めゆく

命ふかき鶏卵をわれは打ちて捨つ無言なるものなべて許さず

Ｆの死をめぐりて声をひそめゆく故郷よ生きむ地にはあらざり

天体のしろき光にしたがひて亡骸のＦは運ばれゆけり

滅びたる身体髪膚の占めてゐし一空間を見れどむなしき

おのづから大き組織に殺さるる魂よされば我もきはどし

屋上の雪

クローンとして幾十度《いくそたび》生かさるる美少女を暗き心におもふ

コンピューター終《つひ》の徒労と言ふわれは異教徒ならむ研究室《ラボ》を出できつ

死を思ひてあやふき心逃るるは宿命のごとき卑怯ならむか

自意識にしたがひ生きむすべなきにわれを狂《ふ》れしむ屋上の雪

睦月はや過ぎたりとほく雲照りて罵声のごとき潮寄するなり

わが命ややぬるき日を楽しまむくれなゐの腹見せて鳥鳴く

ペンギンらあまたの嘴《はし》を並べ振る食《しょく》のあらそひも楽しきかしれず

春の不動

天狼はかたぶきにけりと思ふまで心よわよわし胸張ればなほ

街灯のぐらりと重きあかるさに歩み近づけりわれはふたたび

平穏をほろぼすにいまだ足らざれど春暁の雲鴉をよべり

大一枚《おほいちまい》比目魚売らるる店過ぎてしばらくは我に返らざるかも

プラタナス汚れて高しゆつくりと春の不動は崩れてゆけり

六畳に身をころがしてひとり笑ふ時代苦といふ言葉も笑ふ

親不知丈高く生えぬこの夜ごろ追ひつめてきし我もまぼろし

*

春のまなこ荒るると思へ回路図のほころびはふかく鋭《と》く伝播しつ

ことに黒き大夕雲《おほゆふぐも》の外周をめぐりめぐりて心もどらず

ひらひらと設計仕様屑となりてひと夜を舞へりわれは笑はむ

たはやすき絶望とのみ言ひかへて眠らむとするに電話鳴るなり

rogueといふコンピュータ＝ゲームが流行つてゐた。

つづまりはドラゴンの火になぶらるる〈われ〉ならむ画面下をよぎるは

末《うれ》ほそく曲りたる木をのぼりつつ朝日の朱《しゆ》こそ消えてゆくなれ

ハ　長　調

風たかき白桃《はくたう》の園をぬけ出てでからうかうと我をいつはるのみぞ

白猫のうつくしき毛の濡れたるを引き寄せて春のひと夜をあそぶ

まろくまろく小夜眠らむとする我に耳紅き猫は寄りやまぬかも

うしろより首を抱きてひたにひたに白鳥の首を洗ひたかりき

優生学的愛恋《ユーゼニクス》といふ造語笑ひつつすぐす夜もゆるすべし

雀蜂ひそやかに頭《づ》を隠したるつつじの花に陽は降りやまず

乱れざる花をばややに乱しつつ呼気吸気いまだ浅きくれなゐ

〈猟〉よりは〈漁〉のごときか復刻本の真白きページにわが咳かかる

ハ長調よりの変位のみだらなる愉しさへ日々君をいざなふ

たたなはる言の葉を消しまた消して名を呼べば名にしたがひて来ぬ

＊

ノヴァいくつひらきて光かさねゆく一万光年のかなたうるはし

桃ひとつ宙宇に浮きてさはさはとモンスーンのごときものを吹かしむ

被支配のこころをすこしほどきやればアンドロイドの静《しづか》が泣きぬ

＊

火の果てしソドムのながきながき夜を燃ゆるソドムの吾が恋ふるなり

小公園

桃色の風船さむくビルの窓を這ひのぼるかも時間《とき》なきごとく

風船のあそぶ気圏も領空てふ人為のことはむなしかるべし

歌舞伎町小公園にふたわかれすぐ会ふ道ありそを楽しみぬ

教授病死

われを知るや大銀杏切る大男悠々として言葉なく笑む

あきらかに地の鳩をおびえしむるまでおほき会葬の列はつづけり

菊の花花まみれなる体軀こそ父なれや父よ吾《あ》を見定めよ

夫人打つ釘の音よりたかだかとフラッシュの音わが茫と聞く

蠟のごとき六尺となり灰となれ笑ふかも泣くかもわれは生きつつ

香典の額語りあふ声のなかにわが声もありわれぞさびしき

黄金鐘《わうごんしよう》のごとくあらねどすずしげに銀杏は散りて霜月終はる

まさにまさに冬くれなゐの雲ながれわれに女《ひと》あり職あり師なし

冬海の釣り

わが恋のわが孤独にぞしくはなき悲しまれける冬海の釣り

粛然とかつ騒然とかもめ打つ風見てゐたり明日を思はず

マンハッタン見たしひたぶる笑ひたし醜き大和言葉を捨てて

さらさらに日本語守る意思はなし崩れ滅びよアメリカの辺《へ》に

リールふたつみつつ鳴りつぐ波の間にわが浮子の紅《べに》動けぬごとし

わが糸の他人《ひと》に絡むは昼月のさびしすぎたるゆゑと言はずや

黄の夕日しづけきはやがて眠らむや恨むことあり遠けれどなほ

ウラヌスの殺さるる血のゆたかさを思へり黄なる夕空の海

犬吠まで

九十九里夕凪の刻ちかづきぬ砂丘《すなをか》にふかきわれの足跡

青春は日々ことごとく生死あり乱れしものぞうつむきしまま

肉もたぬうすくれなゐの貝の殼春ちかき浜の砂にうかべり

七夜吠えし義経の犬さびしみて岩降りくれば岩の根に波

義経を愛するこころあざけりし去年の男いまはあらずも

漁の船しろく並べりその腹をしづやかに潮はのぼりくだりす

二百キロ余の迷走をかたみとしわれは去るかも夜のセダン出づ

世紀

黄なる菊ひくく大きく咲《わら》ひそめてFの死はわれを過ぎゆきにけり

十年はわれを学者にFを死者に造りかへたる遊びの主《ぬし》か

死を思《も》ひしことなどなきを顔として研究所長の面接も過ぐ

秋の雨落ちつづくるは遠き世のごとし三日を研究室《ラボ》にこもれば

すべすべと白き体《たい》もつ計算機横にして鶏の脚食らひをり

工学と云ひ文明と云ふ易しわが身ひとつを守《も》りゆくのみに

科学者も科学も人をほろぼさぬ十九世紀をわが嘲笑す

解説　アベルにもありし荒の夜

永田和宏

アベルにもありし荒《くわう》の夜なべて世に好まるること少しつまらなき

踊るより踊らぬ阿呆親しけれさらさらと風のわたる桟敷に

雲底のまたき平《たひら》を目はたどる暗しや女《ひと》をむさぼりかねつ

処女歌集としてはめずらしく、と一応は言ってみたいが、坂井修一の第一歌集は、自己省察の徹底性という側面において、強い印象を残す歌集である。

「いかやうにも見苦しきわれか物言はぬ時々刻々をむしろ生きゆく」「物思ひ過ぎたる日々の〈青年の殻〉捨てしゆゑ醜きかわれ」「自意識にしたがひ生きむすべなきにわれを狂《ふ》れしむ屋上の雪」など、自己分析が表に立ちすぎて失敗した例も多いが、掲出の三首は、言いにくいところをさらりと言っていて嫌味がない。

短歌にかぎらず、文学の世界では、悪、狂気、毒、憎悪、逸脱などといったマイナスイメージを負ったテーマは、善なるものよりも市民権を得やすいようである。殊に、若い世代の作品で、自分が善であり、正常であり、そして普通であることを誇らかに歌っているものは少ない。

それはもちろん、作品が、読者の認識のレベルに対して仕掛ける落差という形で実現される〈毒〉のことをいっているのではない。その意味でなら〈毒〉のない作品は、文字通り毒にも薬にもならないだろう。だが、普通の人間とはどこか違っているという、その差をむやみに強調拡大したり、差を、わざとらしく負性の側へ引き寄せたりしているものの方に、毒もなければ薬もないものが多いという皮肉は、すでにいやというほど見てきたところである筈だ。

坂井の三首には、そのようなポーズはない。みずからを〈異常〉と思い込むことはないけれど、かといって〈正常〉なることに何の異和をも感じないほど楽天的でもない。

アベルとカインの二項対立という図式においては、こと文学に関するかぎりカイン志向が断然優勢といえそうだ。私自身もカインをテーマに連作を試みたことがあるが、アベルに自らを重ねて、という気は起こらなかった。文学に片足だけでも浸しているほどの人間は、自分は、あるいは自分こそはカイン的であると、なぜか勝手に思いたがっている節がある。歌になりやすいということも、もちろんある。

坂井の一首目「アベルにもありし荒《くわう》の夜……」は、そのような一般的通念に対して、あるいは思い込みに対して、痛棒をくらわしている歌だと私はとる。敢えて、彼はアベルに自らを重ねる。そして「なべて世に好ま」れる人間＝アベルにも、「荒《くわう》の夜」はあるのだとつぶやく。ここには見せかけの、あるいはポーズとしてのものではない、自前の認識、自前の省察がある。〈文学的〉にしか自分を見ようとしない多くの〈私〉に対する、反措定として読むことさえできると私には思われる。いい歌だ。

二首目の「踊るより踊らぬ阿呆」に寄せる親和性の高さ、三首目の「女《ひと》をむさぼりかね」ている無様な自分に対する認識。これらはどれも颯爽とした青年歌人というイメージからは遠い。処女歌集に多く見られるようなキラキラした華やかさというものからも、身を遠ざけるようにして歌われているという気がする。敢えて言えば、精神はもっと小暗いところにうごめいている。

長男は死ねざれば悲しやうやくに朝明けはきて槐を照らす
死を思ひてあやふき心逃るるは宿命のごとき卑怯ならむか
落ちよとぞ眼《まなこ》さだめてわが見るも夏大凧《おほだこ》は動かざりけり

一、二首目の〈死〉には、なお青年期特有の観念的な死の甘さ、死への憧憬が影を落していようが、溺れてしまってはいない。長男だから死ねないという（さして根拠のない）思いと、つきつめて考えることに耐えられなくなって、最後は死んでしまえばそれでおしまいという逃げと、〈死〉への相容れない二つのベクトルは、この青年のなかで、二つながら、常に寄せては返している想念なのであろう。たとえ、それを〈卑怯〉ということばで遠ざけようとしても。

三首目の呪わしげな視線はどうだろう。視線に憎悪を込めて（罪もない）夏屍を見凝めている作者からは、精神のひりひりした焦立ちが放射されてくるようでもある。

私は昔、エスパーたらんとして、超能力開発を志したことがあった。「太陽神経叢があたたかい」と、夜毎、自己催眠をかける練習をしたり、屋上から、下をゆく人たちの背をじっと見凝めて、何割の人がふり向くか統計をとったりしたものだった。念力開発はエスパーへの第一歩である。坂井修一の念力もついに夏屍には届かなかったようであるが、そのような孤独な営みもまた、青年期特有のものであるのかもしれない。思うに坂井は今流にいえばネクラなのに違いない。

〈沈黙〉への傾斜も、そのような文脈から自然に出てくるものだろうか。

告ぐるごとき沈黙にして深からむ沈黙はげに女《ひと》を泣かしむ

いかやうにも見苦しきわれか物言はぬ時々刻々をむしろ生きゆく
月の円《あん》揺るるなく空のぼるとき沈黙の冬身を領すべし

一、二首目は、女性と相対した場での作、三首目は研究室での作であり、趣はやや異なっている。

一首目の少し前に、「燃ゆるごとき悲しみさへも語らぬはつひに卑怯か卑怯にあらず」があり、二首目の前に「わが卑怯女《ひと》の卑怯よ向きあひてならぶ並木の木々に雪降る」がある。ともに、沈黙へと内攻してゆく自己の心情を、卑怯という判断をフィルターとしてふりかえっているものであるが、坂井における、あるいはこの歌集における、基本的なトーンともなっている自己省察を強く印象づける。

二首目の、「物言はぬ時々刻々をむしろ生きゆく」は、作者のもっとも言いたいところであろう。沈黙の中にこそ、自己の充実した生の時間があるというものであるが、作者の意図が生《なま》のまま出すぎた分だけ、作品としてはいま一歩という気がしないでもない。

私は一首目をおもしろいと思うが、沈黙にも二つの形態があると、作者は言おうとしているようだ。完全に自らを閉ざしてしまって、何を考えているのか相手に全くわからせない沈黙と、語らぬことが何より雄弁に自己の心情を語ってしまうことになる沈黙と。これもあやうく観念に陥ってしまいそうな不安があるが、よく踏みとどまって、ある緊迫した情景をうまくすくい取っていると思われる。

坂井修一にとって沈黙とは、何よりもよく自分を持してゆくためのものであるのかもしれない。三首目のすぐあとに、

生きいそぐ一語はげしきラボの椅子喜連川《きつれがは》博士われを非難す

があり、この一首、喜連川博士なる固有名詞が実に効果的で、私には感銘深い作品である。いずれ歌と学問の両立の問題が非難の契機であったことは、前後の作品から明らかだが、そのようなとき、作者は「沈黙の冬」の中に身を潜ませるようにして、それに耐えようとしているかのようだ。

あるいは相聞の場においてさえも、「われの孤は絶対にして渡せざりひと美《は》しけれどひと愛《を》しけれど」と歌われているのを見るとき、それは坂井における自己愛の徹底性、潔癖なまでに己れを守りきろうとする姿勢を雄弁に語っているともいえるだろう。

比較的早い時期の「言ひ終へて言ひきらざるを悲しみぬ冬の江戸川ただにみなぎる」から、「たたなはる言の葉を消しまた消して名を呼べば名にしたがひて来ぬ」の愉しき寡黙ま

で、口数の多くない、内省的な青年の印象を、歌集一巻を通じて強く印象づけることになっている。

主として、坂井修一の自己に向ける眼の省察的な点に絞って述べてきた。面白い歌、ライトヴァース志向が云々される中で、それらとはほとんど無縁に（もちろん集中に、それらからの反照を思わせる作品が一部まじっていることは、同時代に生きている歌人として当然のことである）、頑固なまでに自分の作歌姿勢を守ろうとしている坂井修一という青年に、私は、個人的に好感を抱く。恐らく、第一歌集としてはおとなしすぎるのだろう。だが、敢えて自己をふり返りふり返りしながら、〈世界〉との距離を計り、つめていこうとしている態度に、信頼するに足るものを感じるのである。

自己に向ける眼が、外界に対して聞かれるとき、たとえば次のような作品が生まれる。

アメリカの論の後追ふ学会が果てしのちわれは阿蘇を見にゆく
ペンギンらあまたの嘴《はし》を並べ振る食《しよく》のあらそひも楽しきかしれず

これらには確かに、外界を批判的に見るまなざしがあるが、理に落ちてはいない。

職業柄か、作品の文体は、きっちりした結構をもったものが多く、あいまいさやゆらぎが少ないともいえる。それは、いずれ楯の両面であり、失敗すれば無味乾燥になりやすいが、一方、そのようなしっかりした文体によって描かれる何でもない風景や心象が、シャープなイメージをもって、直截的に読者に訴えかけてくるものも、集中に数多い。

根津駅の雪の階段のぼりつめ鉄砲坂で夕暮れに遇ふ
歩道橋したたり落つるひさかたの春のひかりは撥音をもつ
みづうみは真鍮びかりすわが立てばびりびりとわれの脚冷ゆるのみ
われを知るや大銀杏切る大男悠々として言葉なく笑む

私は、少しばかり、彼の内省的な方向にばかり力点を置きすぎたのかもしれない。そのことによって、この歌集に退屈で辛気臭い印象を与えてしまうのではないかと怖れる。解説から先に読むなどという、不届きな読者にだけ、一言いっておくが、先におとなしすぎるかもしれないといったこの歌集にも、当然、いわば〈時分の花〉とでもいった華やぎが一巻を通して流れているのであり、それらは、内にむける眼の確かさに支えられて、一層印象に残る作品群を作り出しているのだ。私の好きな作品を、少し書き抜いておこう。

追ひつけぬ予感か春の九十九折り先に林檎を食む人きみは
水族館《アカリウム》にタカアシガニを見てゐしはいつか誰かの子を生む器《うつは》
たはむれに妻あやめたる三島宿《じゆく》喧嘩次郎兵衛はさびしく太る
目にせまる一山の雨直《すぐ》なれば父は王将を動かしはじむ
冷蔵庫にもたましひありて嘆かふと女《をみな》は悲しくぐもりて言ふ
街灯のぐらりと重きあかるさに歩み近づけりわれはふたたび
白猫のうつくしき毛の濡れたるを引き寄せて春のひと夜をあそぶ

さて、最後に、一言だけ言っておかねばすまないことがある。私が故意に触れずにすましてきたものであり、坂井修一における第一歌集のライトモチーフともいうべきものについてである。いうまでもなくそれは、歌と学問の二項対立の問題である。

先に例歌をあげた喜連川博士の非難も直接それに関わるが、坂井はそれを執拗なまでにくり返し歌っている。改めて引き写すということをしないが、本集を読み進んできた読者は、それが十首、二十首というオーダーでくり返し歌われていたことに気づいていることだろう。

岡井隆が『土地よ、痛みを負え』で用いた用語を借りれば、彼はこの時期、〝Entweder-《あれか、》oder《これか》〟と〝Sowohl-als《あれも、これも》〟と、そして〝Weder-noch《あれでもない、これでもない》〟の、三頂点から成る三角形の中で揺らぎつづけてきたのだといえるだろう。揺らぎつづけて、彼にもまだ結論は見えていないようだ。結論は保留したまま、彼は大学院を了えて、社会へ飛び出していった。社会人となった坂井修一にとって、そのような二項対立の図式はこれからどのように推移していくのだろうか。

性急にWeder-nochへ傾いたり、軽やかにSowohl-alsへ駆け昇ったりせずに、いましばらくEntweder-oderにこだわる愚直さに徹して欲しいといえば、すでにあまりにも自分に引きつけすぎているというべきだろうか。故意に触れなかったと言ったのは、それについて書きはじめると、綿々と自分のことを書きつらねてしまいそうな不安があった故かもしれない。もとより私にも結論は見えていないというべきである。その問題をも含めて、いましばらくアリアドネーの糸を、坂井とともにたぐってみるのも、また愉しいことかもしれない。

あとがき

　二十歳から二十七歳にかけての作品の中から三百五十余首を選び、第一歌集とした。ほぼ制作順に配置したが、気持ちの凹凸の具合から、動かさないでは見られないものだけ場所を移した。全体の中で二、三箇所ある。

「ラビュリントス」とは、クレタ島にあったという迷宮の名である。パーシパエーの数奇な恋。アリアドネーの激越な恋。ダイダロス父子の逃避行。どれもなつかしく、いまだに一抹の恐れをよびおこす伝説の舞台である。

　集中の作品は、「かりん」に発表したものが四分の三くらいで、残りは「短歌」「短歌研究」「短歌現代」「短歌公論」「短歌ふぉーらむ」などに掲載された。私はこの歌集の期間のほとんどを大学の研究室で過ごしたが、歌も研究生活も、希望よりは絶望に傾きやすく、あともどりをしている時のほうが多かったように思う。

　分野は違うが、同じ研究者の道をずっと先の方で歩んでおられる永田和宏氏に解説をお願いした。氏には数えるほどしかお会いしていないが、氏の名を口にする機会は多い。また、私がこれまで細々と歌を作り続けてこられたのは、馬場あき子・岩田正両先生の御蔭であり、「かりん」諸先輩の激励があったからと感じている。心から御礼申し上げたいと思う。

本書の出版を引き受けてくださった田村雅之氏、装釘の倉本修氏には本当にお世話になった。感謝申し上げたい。

ともあれ、言葉たちが私の醜い束縛から解き放たれて、新しい空気に触れてゆこうとしている今を、喜びとするほかはあるまい。

坂井修一

歌集　ジャックの種子（全篇）

I

菊

祈りなきゆふぐれの声も澄みゆかむジェット気流は秋を吹きゆく

雲の航　われら家族なす不可思議へましろき風はおとづれて消ゆ

川よわが時間のごとし　おもふことかなはねば焚く芝草の土手

愚者やわれまぼろしよりもほのかなる学の夢ふたたびを見はじむ

あますなく懸崖の菊焚かれをり　帰りなむいざ〈学〉の荒野へ

菊に立つほのほは直《なほ》く立つものを秋空よわれはほほゑみをらむ

問はるればただ人間でありたしと答へむに　夜は鈴虫の乱

近江大津よ百官よさらば霜の芝闇に燃えけむきのふの花も

馬　頭　星　雲

影法師霜の狭庭にはりつきぬふためきて昨夜《きぞ》は迷宮にありき

いつまでも拙速の蟻見えながらアカデミアよわが混沌《ケーオス》の庭

恥ふかく乱《らん》もつこころうたひたり小池光よ濃き時がゆく

馬頭星雲その暗黒をその凸をグラビアに見き目はざわめきて

矢絣のをみな老ゆるを悲しみて星見れば星はかすかゆらげり
美女《びんぢよう》に笞《しもと》わたしてそよそよとこころは遊ぶ乱流の岸
まなこほのかに焦点《フォーカス》のなき夜に入りてああ笑ふべし雲の崖《きりぎし》
そよ夢は時計台の上《へ》にこほりつつドン・キホーテに黄金《きん》の髭生《は》ゆ
銀河よりこぼれしものと呑みそめし剣菱よあとは蛇にでも聞け

鶯と蛇

鐘楼やそのかみひとは髪ほどき愛よりも濃き日々へさそひき
孤独また花といはむかももいろの蛇ばかりわがめぐりを歩む

漏刻にかなしみの水ほろぶ見ゆすみれの花のしづかなる家

飛ぶ一生《ひとよ》這ふ一生《ひとよ》われら鶯と蛇の別れをくるしみてなす

かつて愛と呼びしもの天《あめ》をきしませて春三月の雪はさまよふ

余　白

忘れられてオルフェの琴の鳴るごとし氷をいづる朝の水沫は

愛のことば　わがふりあふぐつくよみの春ならねども輪郭あはし

子は影を踏まんと走り妻も走りああわれはただ余白のごとし

草原よ銀のサタンはうちふすと一生《ひとよ》のごとく一日《いちにち》は暮る

あづまえびす蔑《なみ》し生くれどやがてわれ関東平野の墓となるらむ

芋　虫

顔あげてなんの不思議を呼ばむとやおほき芋虫ちさき芋虫

かつてわれどこまでも勝たむこころありき鶯は鳴く春の寒さに

われとひとと声あげず消す野火のうへけふの鳥みなあをくとびかふ

くるくると蝸牛《くわぎう》は雨にあそびをりあをあをとただ一書生なり

わが長子天道虫の翅つけてぶんぶんと母追ひかけまはす

エディプスの絶望を子がのぞく日よわが思ふより近くあるらむ

水惑星黒点のごときわれらのせ真空気流をわたりゆくなり

百　人

蝶よ蝶その瑠璃色の乱れなき春なればわれは剃刀を手に
砂丘《すなをか》に立ちておもへりたまきはる世界終末にあふはわが子か
はりがねの麒麟はわれを飾るべくひかり鈍しもまだねむられず
CGのごとくかはゆき歌つくり百人をなぐり夢疲れせり

湾　曲

めぐりあひし春雨《はるさめ》女《をんな》わがことを怖ろしといふ若葉の道よ

脳のなかとぶ熱砂こそおもほゆれたそがれのラボにめざめてわれは

いつしらにキーの湾曲としたしみて春となりけりこの端末も

業房は長方形のかさなりに楕円なるわれが入りゆくところ

研究《リサーチ》はサディズムのごと人打つと悲しみにけり教授夫人は

春画狂ひの博士をあまた棲まはせてインターネットじゆくじゆくと延ぶ

倶利迦羅

春の部屋　ああさつきから倶利迦羅の女がわれをむさぼり食らふ

縄文をとこ弥生をんなを盗むとき世紀うつろふかをりたちけむ

ニュートンの林檎のごとき単純に愛すれどなぜか複雑になる

暮れはてて薔薇のをみなをおもひをり肺胞の酸素見つむるごとく

雌　牛

天馬死ねばすみやかに天馬消ゆべしとエーゲの空はすきとほる青

黄の砂は飛びやまずけり黄の山はくづれざりけり百万の日々

賢者なく英雄のなき世の果てへ彗星はゆくながき尾をもて

わが胸よケルベロスのごと乱るるを日のひかりあまき世紀末なり

欧州を生みて欧州に蔑さるる心ありけりメリナ・メルクーリ*

*ギリシャの女優。『日曜はダメよ』など

わがめぐり大海《おほうみ》の秀《ほ》がきらめくぞくれなゐの舌が立ちてゆらめく

カナンまた

霧島は春をひらきそむ花の裡にさやさやと蜜の雨は降りそむ

あはき濃きくまぐまや朝の霞より鷺たてばみゆ荒草の針

「桃之夭夭」昔の声ぞなつかしき渦巻く闇に覚めてゐるなり

ああ月が男の精となりて飛びこの庭にしろく鉈は光るかも

天涯といふはいかなる崖《きりぎし》や空蟬の目に雨はふりつつ

カナンまた乳まみれなり　くちびるに陰《かげ》もてうたふソロモンの雅歌

石筍

ふうはりと螢あそばせひとわらふその夫《つま》はつひの漂流者なり

闇のなか石筍のごとく乳房立ちて蛙・蛄《けら》・蛟《みづち》ともどもにあそぶ

ひしひしと沈黙が胸つぶすともわが悪魔の尾ひとに知らゆな

ゆふもやのほころびを出づる虹見えて球場の声はるけくなりぬ

自動車の車輪はまはるその中に鎖されし空気まはりゐるなり

古代生物

荒物屋の大盥じんと光あり過ぎきておもふあづま空梅雨

鍵させば震ふセダンよその内に古代生物が燃えてゐるなり

エンジンの密室に火は生まれ消ゆああことばなき時の片々

あかきあをき金属光の飛ぶ見えてインターネットはたちまち狂ふ

ハッカーとファッカーの間《あひ》さまよはむWWW《ウエッブ》少年ゆるゆる太る

とめどなく問はず語りの湧きやまぬホームページに目つむりてわれは

暗愚大帝

おそなつのあらくさの波　漕ぎいでて蟷螂乙女《たうらうをとめ》は金の袖ふる

蟷螂のあそびやまぬは草の国　おぼつかな人の国なるわれら

ＤＮＡ葛《かづら》なしつつなだるるといまかぎりなき少年少女

〈鳴りいでて神はさびしき鞭となり〉ああもうやめよ蒼古の比喩は

しろがねはさびしきに今宵しろがねの袈裟着たくなり部屋にこもりぬ

蟹を喰ひまた蟹を喰ふ文机のうそさむきかな妻も子もあらぬ

食終へし大皿は顔となりて冷ゆその極彩ぞ壮年ならむ

ニューロンの樹状突起がうちふしてまたたちあがるためらひは見よ

錐形《すいけい》にクレスト五本きりそろへ〈よき隣人〉のわれがほほゑむ

音もなく空が家族をおそふこと知るといへども言はむすべなし

ゆふだちのカオス・エッジをとびめぐり蜻蛉《せいれい》どもの紺はしたたる

ジュラルミンの鳥まひやまぬゆふぞらをいくたびも子は見上げゐるなり

ちよん立《だ》ちのいなごへじよじよに迫りゆく吾子の影ありおほきその影

ここだくのプチトマト庭をかざりゆき妻を呼び子を呼ぶ吾《あ》はうすやみに

子の髪膚《はっぷ》溶解すとは見えざれどブルーグレイの芝草の雨

いちにちをこれにて閉ぢむ　おほどかに虫啼くまねす長子六歳

こころみにうたびとの名をあれこれすああ時を消す口のおこなひ

ああなにも考ふるなと木がさわぐ木はとことはの旅人となり

世界樹が繁るすなはち焼け落つる夢ばかりなりこの千年紀《ミレニアム》

国家と性ＴＰＯなくもつれあふＣ・チャプリンに弘兼憲史に

ドルはなほ世界押し流す力あり力とは情《こころ》かなしますもの

かなぶんが妻問ひなさむ闇ありき手花火のとんと落ちゆく下に

桃あまたころがして夢へおもむくと暗愚大帝のごとき夜は来ぬ

ネクタリンごろごろごろごろごろ床にゐてあかるめばわれは恥ふかくなる

嘘つきがニル・アドミラリいふまでのうす闇を雨走りすぎたり

手塚治虫はメフィストを牝フィストといひわれら笑ひき昭和末日

そろそろと恥のこころを捨てけるやながき昭和の尾のごとき日々

昭和の尾すなはち平成　ひらひらと少女は飛べり新宿の窓

むらさきの光の腕をさしのばし東京がわれを吊しにくるぞ

背筋をしづかに張りて夜半むかふマッキントッシュひかるその面《おも》

「ぷよぷよ」を子はやめざりき消せど消せど落ちくる「ぷよ」を子は愛すてふ

荘子一冊懐中にしてほほゑまむ　プログラ、ラ、ラ、ラ、暴走やまず

鯨

あした咲くことばあらねばノストラダムスひとをいざなふ悲しからずや

うすやみの泥たちあがり父となるこの秘密子に知らるるなかれ

かたむきて空中に立つ鯨よと告げやらむ〈父〉を問へるこの子に

おもむろに柑橘は散らすうすき霧ひとひてふ皆吾子《しもと》を過ぎゆく

勝敗がなべてとならむゆふぐれを父もあゆみきなにもかはらぬ

＃／♭

われは＃なり妻は♭なりしづくして庭の紅葉はくるくると落つ

蚕の博士すなはち蚕屋さんといふ億年は彼にかるきものなり

情報科学博士は情報屋さんといふ　十億分の一秒を研ぐ

菊一輪吹きて去らざり卍風《まんじ》ああことばなくわが身は老いよ

おつとせいぼわぼわと寝て命ありこの真夜中にわれが軋む音

ひとは何度初雪といふものを見むゆふぐれの子が空を見てゐる

無敵

竹箒きらきらと砂を掃き落とし破れジーンズ朝から無敵

茂吉教授長崎文《ながさきぶみ》にあたふたと「丸山」はあり「丸山」は棲めず

塚本青史名にこだはるは乱のごとし和解のごとしその『霍去病』

遊星よ「鉄のカーテン」あらざれどなほ赤々と暮れなやむかな

ブラックホールおのづから電波出すといふさやさやとながき恋のごときか

ぢいさん

三日月は裂傷のごと空なるを夜々に濃くなるわが影法師
もうなにもなき柿の枝柿の空ばつくりといま剖かれてゆく
遊べ遊べひとよなかばの百舌の声降るぞ真白き雪も降るなり
つひの敵ひそかに恋ふはとほつ野にただやみがたき粉雪がゆゑ
言問はずひとひ過ぐせばそよそよと悪魔のぢいさん髭ふるはせつ
ぢいさんがわれの顔して山茶花よどこまでしろき道あゆまする

水鳥のうたふごときはよそに見きもう誰も何も言つてはくれぬ

悪評が年の瀬わたりしばらくはさざなみが澱をはこぶざわめき

ありていに言へば言ふほど「ありてい」を霜降る夜はとほざかりゆく

一枝《いつし》にあひやがて千枝《せんし》と別るるを冬のまなこと呼べばこころ老ゆ

野の雪に鶺鴒の尾は触れにつつ離《か》れにつつやがて初春《はる》の薄闇

雪よただこころ忘れてあるものを大樹の影は野辺をうつろふ

通勤とわれは思はず小貝川の堤を越えて日々を旅ゆく

寒の水とほき紅葉を集むればただしろたへの太陽が差す

	著者名	書名	本体
131	日高堯子	『日高堯子歌集』現代短歌文庫33	1,500
132	日高堯子歌集	『振りむく人』	3,000
133	福島泰樹歌集	『焼跡ノ歌』	3,000
134	福島泰樹歌集	『空襲ノ歌』	3,000
135	藤井常世	『藤井常世歌集』現代短歌文庫112	1,800
136	藤原龍一郎	『藤原龍一郎歌集』現代短歌文庫27	1,500
137	藤原龍一郎	『続 藤原龍一郎歌集』現代短歌文庫104	1,700
138	古谷智子	『古谷智子歌集』現代短歌文庫73	1,800
139	古谷智子歌集	『立　夏』	3,000
140	前　登志夫歌集	『流　轉』＊現代短歌大賞	3,000
141	前川佐重郎	『前川佐重郎歌集』現代短歌文庫129	1,800
142	前川佐美雄	『前川佐美雄全集』全三巻	各12,000
143	前田康子歌集	『黄あやめの頃』	3,000
144	蒔田さくら子歌集	『標のゆりの樹』＊現代短歌大賞	2,800
145	松平修文	『松平修文歌集』現代短歌文庫95	1,600
146	松平盟子	『松平盟子歌集』現代短歌文庫47	2,000
147	松平盟子歌集	『天の砂』	3,000
148	水原紫苑歌集	『光儀（すがた）』	3,000
149	道浦母都子	『道浦母都子歌集』現代短歌文庫24	1,500
150	道浦母都子歌集	『はやぶさ』	3,000
151	三井　修	『三井　修 歌集』現代短歌文庫42	1,700
152	三井　修	『続 三井　修 歌集』現代短歌文庫116	1,500
153	森岡貞香歌集	『帶　紅（くれなゐ帶びたり）』	3,000
154	森岡貞香	『森岡貞香歌集』現代短歌文庫124	2,000
155	森岡貞香	『続 森岡貞香歌集』現代短歌文庫127	2,000
156	森山晴美	『森山晴美歌集』現代短歌文庫44	1,600
157	柳　宣宏歌集	『施無畏（せむい）』＊芸術選奨文部科学大臣賞	3,000
158	山下　泉 歌集	『海の額と夜の頬』	2,800
159	山田富士郎	『山田富士郎歌集』現代短歌文庫57	1,600
160	山中智恵子	『山中智恵子歌集』現代短歌文庫25	1,500
161	山中智恵子	『山中智恵子全歌集』上下巻	各12,000
162	山中智恵子 著	『椿の岸から』	3,000
163	田村雅之編	『山中智恵子論集成』	5,500
164	山埜井喜美枝	『山埜井喜美枝歌集』現代短歌文庫63	1,500
165	山本かね子	『山本かね子歌集』現代短歌文庫46	1,800
166	吉川宏志歌集	『海　雨』＊寺山修司短歌賞・山本健吉賞	3,000
167	吉川宏志歌集	『燕　麦』＊前川佐美雄賞	3,000
168	米川千嘉子	『米川千嘉子歌集』現代短歌文庫91	1,500
169	米川千嘉子	『続 米川千嘉子歌集』現代短歌文庫92	1,800

＊価格は税抜表示です。別途消費税がかかります。

砂子屋書房
〒101-0047 東京都千代田区内神田3-4-7
電話 03(3256)4708 FAX 03(3256)4707 振替 00130-2-97631
http://www.sunagoya.com

	著者名	書名	本体
86	坂井修一	『坂井修一歌集』現代短歌文庫59	1,500
87	桜川冴子	『桜川冴子歌集』現代短歌文庫125	1,800
88	佐佐木幸綱	『佐佐木幸綱歌集』現代短歌文庫100	1,600
89	佐佐木幸綱歌集	『ほろほろとろとろ』	3,000
90	佐竹弥生	『佐竹弥生歌集』現代短歌文庫21	1,456
91	佐藤通雅歌集	『強　霜（こはじも）』＊詩歌文学館賞	3,000
92	佐波洋子	『佐波洋子歌集』現代短歌文庫85	1,700
93	志垣澄幸	『志垣澄幸歌集』現代短歌文庫72	2,000
94	篠　弘	『篠　弘 全歌集』＊毎日芸術賞	7,000
95	篠　弘 歌集	『日日炎炎』	3,000
96	柴田典昭	『柴田典昭歌集』現代短歌文庫126	1,800
97	島田修三	『島田修三歌集』現代短歌文庫30	1,500
98	島田修三歌集	『帰去来の声』	3,000
99	島田幸典歌集	『駅　程』＊寺山修司短歌賞・日本歌人クラブ賞	3,000
100	角倉羊子	『角倉羊子歌集』現代短歌文庫128	1,800
101	田井安曇	『田井安曇歌集』現代短歌文庫43	1,800
102	高野公彦	『高野公彦歌集』現代短歌文庫3	1,500
103	高野公彦歌集	『河骨川』＊毎日芸術賞	3,000
104	田中　槐 歌集	『サンボリ酢ム』	2,500
105	玉井清弘	『玉井清弘歌集』現代短歌文庫19	1,456
106	築地正子	『築地正子全歌集』	7,000
107	時田則雄	『続 時田則雄歌集』現代短歌文庫68	2,000
108	百々登美子	『百々登美子歌集』現代短歌文庫17	1,456
109	百々登美子歌集	『夏の辻』＊葛原妙子賞	3,000
110	外塚　喬	『外塚　喬 歌集』現代短歌文庫39	1,500
111	中川佐和子	『中川佐和子歌集』現代短歌文庫80	1,800
112	長澤ちづ	『長澤ちづ歌集』現代短歌文庫82	1,700
113	永田和宏	『永田和宏歌集』現代短歌文庫9	1,600
114	永田和宏	『続 永田和宏歌集』現代短歌文庫58	2,000
115	永田和宏ほか著	『斎藤茂吉―その迷宮に遊ぶ』	3,800
116	永田和宏歌集	『饗　庭』＊読売文学賞・若山牧水賞	3,000
117	永田和宏歌集	『日　和』＊山本健吉賞	3,000
118	中津昌子歌集	『むかれなかった林檎のために』	3,000
119	なみの亜子歌集	『バード・バード』＊葛原妙子賞	2,800
120	西勝洋一	『西勝洋一歌集』現代短歌文庫50	1,500
121	西村美佐子	『西村美佐子歌集』現代短歌文庫101	1,700
122	二宮冬鳥	『二宮冬鳥全歌集』	12,000
123	花山多佳子	『花山多佳子歌集』現代短歌文庫28	1,500
124	花山多佳子	『続 花山多佳子歌集』現代短歌文庫62	1,500
125	花山多佳子歌集	『木香薔薇』＊斎藤茂吉短歌文学賞	3,000
126	花山多佳子歌集	『胡瓜草』＊小野市詩歌文学賞	3,000
127	花山多佳子 著	『森岡貞香の秀歌』	2,000
128	馬場あき子歌集	『太鼓の空間』	3,000
129	馬場あき子歌集	『渾沌の鬱』	3,000
130	浜名理香歌集	『流　流』＊熊日文学賞	2,800

	著者名	書名	本体
41	春日いづみ	**『春日いづみ歌集』** 現代短歌文庫118	1,500
42	春日真木子	**『春日真木子歌集』** 現代短歌文庫23	1,500
43	春日井　建 歌集	**『井　泉』**	3,000
44	春日井　建	**『春日井　建 歌集』** 現代短歌文庫55	1,600
45	加藤治郎	**『加藤治郎歌集』** 現代短歌文庫52	1,600
46	加藤治郎歌集	**『しんきろう』**	3,000
47	雁部貞夫	**『雁部貞夫歌集』** 現代短歌文庫108	2,000
48	雁部貞夫歌集	**『山雨海風』**	3,000
49	河野裕子	**『河野裕子歌集』** 現代短歌文庫10	1,700
50	河野裕子	**『続 河野裕子歌集』** 現代短歌文庫70	1,700
51	河野裕子	**『続々 河野裕子歌集』** 現代短歌文庫113	1,500
52	菊池　裕 歌集	**『ユリイカ』**	2,500
53	来嶋靖生	**『来嶋靖生歌集』** 現代短歌文庫41	1,800
54	紀野　恵 歌集	**『午後の音楽』**	3,000
55	木村雅子	**『木村雅子歌集』** 現代短歌文庫111	1,800
56	久我田鶴子	**『久我田鶴子歌集』** 現代短歌文庫64	1,500
57	久我田鶴子歌集	**『菜種梅雨』**	3,000
58	久々湊盈子歌集	**『あらばしり』** ＊河野愛子賞	3,000
59	久々湊盈子	**『久々湊盈子歌集』** 現代短歌文庫26	1,500
60	久々湊盈子	**『続 久々湊盈子歌集』** 現代短歌文庫87	1,700
61	久々湊盈子歌集	**『風羅集』**	3,000
62	久々湊盈子 著	**『歌の架橋　インタビュー集』**	3,500
63	久々湊盈子 著	**『歌の架橋 II』**	3,000
64	栗木京子	**『栗木京子歌集』** 現代短歌文庫38	1,800
65	桑原正紀	**『桑原正紀歌集』** 現代短歌文庫93	1,700
66	小池　光	**『小池　光 歌集』** 現代短歌文庫7	1,500
67	小池　光	**『続 小池　光 歌集』** 現代短歌文庫35	2,000
68	小池　光	**『続々 小池　光 歌集』** 現代短歌文庫65	2,000
69	河野美砂子歌集	**『ゼクエンツ』** ＊葛原妙子賞	2,500
70	小島ゆかり歌集	**『さくら』**	2,800
71	小島ゆかり	**『小島ゆかり歌集』** 現代短歌文庫110	1,600
72	小高　賢	**『小高　賢 歌集』** 現代短歌文庫20	1,456
73	小高　賢 歌集	**『秋の茱萸坂』** ＊寺山修司短歌賞	3,000
74	小中英之	**『小中英之歌集』** 現代短歌文庫56	2,500
75	小中英之	**『小中英之全歌集』**	10,000
76	小林幸子歌集	**『場所の記憶』** ＊葛原妙子賞	3,000
77	小林幸子	**『小林幸子歌集』** 現代短歌文庫84	1,800
78	小見山　輝	**『小見山　輝 歌集』** 現代短歌文庫120	1,500
79	今野寿美	**『今野寿美歌集』** 現代短歌文庫40	1,700
80	今野寿美歌集	**『龍　笛』** ＊葛原妙子賞	2,800
81	今野寿美歌集	**『さくらのゆゑ』**	3,000
82	三枝昻之	**『三枝昻之歌集』** 現代短歌文庫4	1,500
83	三枝昻之ほか著	**『昭和短歌の再検討』**	3,800
84	三枝浩樹	**『続 三枝浩樹歌集』** 現代短歌文庫86	1,800
85	佐伯裕子	**『佐伯裕子歌集』** 現代短歌文庫29	1,500

砂子屋書房 刊行書籍一覧（歌集・歌書） 平成28年11月現在

＊御入用の書籍がございましたら、直接弊社あてにお申し込みください。
代金後払い、送料当社負担にて発送いたします。

	著者名	書名	本体
1	阿木津　英	『阿木津　英 歌集』現代短歌文庫5	1,500
2	阿木津　英 歌集	『黄　鳥』	3,000
3	秋山佐和子	『秋山佐和子歌集』現代短歌文庫49	1,500
4	秋山佐和子歌集	『星　辰』	3,000
5	雨宮雅子	『雨宮雅子歌集』現代短歌文庫12	1,600
6	有沢　螢 歌集	『ありすの杜へ』	3,000
7	有沢　螢	『有沢　螢 歌集』現代短歌文庫123	1,800
8	池田はるみ	『池田はるみ歌集』現代短歌文庫115	1,800
9	池本一郎	『池本一郎歌集』現代短歌文庫83	1,800
10	池本一郎歌集	『萱鳴り』	3,000
11	石田比呂志	『続 石田比呂志歌集』現代短歌文庫71	2,000
12	石田比呂志歌集	『邯鄲線』	3,000
13	伊藤一彦	『伊藤一彦歌集』現代短歌文庫6	1,500
14	伊藤一彦	『続 伊藤一彦歌集』現代短歌文庫36	2,000
15	伊藤一彦歌集	『土と人と星』＊毎日芸術賞・現代短歌大賞・日本一行詩大賞	3,000
16	今井恵子	『今井恵子歌集』現代短歌文庫67	1,800
17	上野久雄	『上野久雄歌集』現代短歌文庫45	1,500
18	上村典子	『上村典子歌集』現代短歌文庫98	1,700
19	魚村晋太郎歌集	『花　柄』	3,000
20	江戸　雪 歌集	『駒　鳥（ロビン）』	3,000
21	王　紅花	『王　紅花歌集』現代短歌文庫117	1,500
22	大下一真歌集	『月　食』＊若山牧水賞	3,000
23	大辻隆弘	『大辻隆弘歌集』現代短歌文庫48	1,500
24	大辻隆弘歌集	『汀暮抄』	2,800
25	岡井　隆	『岡井　隆 歌集』現代短歌文庫18	1,456
26	岡井　隆 歌集	『馴鹿時代今か来向かふ』（普及版）＊読売文学賞	3,000
27	岡井　隆 歌集	『銀色の馬の鬣』	3,000
28	岡井　隆 著	『新輯 けさのことば Ⅰ・Ⅱ・Ⅲ・Ⅳ・Ⅵ・Ⅶ』	各3,500
29	岡井　隆 著	『新輯 けさのことば Ⅴ』	2,000
30	岡井　隆 著	『今から読む斎藤茂吉』	2,700
31	沖　ななも	『沖ななも歌集』現代短歌文庫34	1,500
32	奥村晃作	『奥村晃作歌集』現代短歌文庫54	1,600
33	小黒世茂	『小黒世茂歌集』現代短歌文庫106	1,600
34	尾崎左永子	『尾崎左永子歌集』現代短歌文庫60	1,600
35	尾崎左永子	『続 尾崎左永子歌集』現代短歌文庫61	2,000
36	尾崎左永子歌集	『椿くれなゐ』	3,000
37	尾崎まゆみ歌集	『奇麗な指』	2,500
38	笠原芳光 著	『増補改訂 塚本邦雄論 逆信仰の歌』	2,500
39	柏原千恵子歌集	『彼　方』	3,000
40	梶原さい子歌集	『リアス／椿』＊葛原妙子賞	2,300

筑波すなはち東京の支所と誰かいふなかば肯ひあとはほほゑむ

飛び過ぎて亡者のごとし対向車忘れつつわがまなこ傷つく

星のひかり新宿の溝にはゆるかな冬に冬そふ地をあゆみきて

遠樹《ゑんじゆ》くらく見つむれば若き椎なりき言問ふもなしわれも地に立つ

おほぞらに波寄りこごる夕日かも飛天またたちあらはれて消ゆ

一瞬ぞ気流するどくとどのふは乱るるごとし横笛の洞《ほら》

小夜の水つくづく透きてつめたきをつばさ閉づわれは宇宙の底に

ウッドデッキ

メタリックにことば死ゆくを白秋よ大正元年のきみは知らざりき
われはあるとき群青ふかき庭先にやぶれ箒をかかへてわらふ
ウッドデッキに蟻いでて這ふはなにゆゑぞなにゆゑぞかくもわれを乱すは
くさはらに霜の草あそびやまざると翁はいへり初春《はつはる》の家
静謐なるヘブライ語ありてをとめらがその父を知る夜も伝へき
旧約を越ゆることなき人の世と十年《ととせ》おもひきもはや思はず
裸体もて夜を渡らむももんがの狂ひなきその息《いき》を子は恋ふ

ウルトラマンは裸なのかと子が問へり湯気うすくなるミルクの前に
浴槽にわれは恐るる子が問ふを「ひとはなぜ裸で暮らさないのか」
虹たちてたちまち冷ゆるこの日暮れもの思《も》ふは怖しねむたくならむ
すきまなく桜わらひて咲くなればあやまちてあく扉《と》のちひささよ

二十面相

ささやけるビデオ・ゲームの女神こそしののめ人を殺すなれ　子よ
会合のあまたの橋をわたりくれば二十面相めきてたのしゐ
あとはきんきん鳴く告天子さう思《も》へど落ちゆかなわれも空の深みへ

研究室わが眠るときあたたかき蜜は落つ闇のかなたのひとに

夢いくつかさなりあひて乱るるを五月もののふの沸きたちし山

海といふ燃ゆる器ゆわきいでし「最初の生命」泡まみれなりき

塵たちまち惑星となりヒトとなりハルマゲドンをささやきやまず

鳩となる夢のつづきは見えざれど鳩のむくろとなるべかりけむ

ジャックの種子

子は蒔けりジャックの種子を　われはもう見守りもせぬはつなつの部屋

花の庭に命尽きむをのぞめども鴉汚れて朝をとびかふ

われははじめて眠らず思ふ　俗中の俗に生きむと茂吉はいひき

欅立つは人立つよりもすがしきに子とのぼりきて街を見下ろす

はじめから神あらぬ世にありふるは恩寵のごとし真昼のジャンボ

紫の血をはきて死ぬ貝あまた大鍋のほとり子は見つめをり

剝製

桜桃は眠たくなりてゐるならむみづから落つるはつなつの午後

死は平衡を賜《た》ぶといひける科学者のふたたびみたびうすわらひすも

子よきみはほのぼのとまたきりきりと夕焼け空へかへる風の尾

わが笑ひ冷えてゐるなり見上ぐれば典礼のごとあをき月満つ

ああわれの身体髪膚剝製せむ来しかた霞みゆくのみの夜半

友は小《ち》さき甲羅せおひて海へゆき戻らざりけり月光の路

ピュアモルトおほき欅の樹下に飲みああぢんぢんと消えてゆくべし

嘘

青春の怒りはひさにかへらずと嘘いふわれや嘘も花かも

姿似てこころはとほきひとり子よ　歌作るわれに吐息つくなり

蛹のまま死にたる雄のかぶとむし子は見つめをり三日月の下

朝顔のあかきむらさき咲きつぐと妻いへどわれに朝顔とほし

この団地盥てふものひとつだに見ず氷売りののこぎりもまた

思ふたび痒く恥づかし鬼太郎のねずみをとこがわが家にゐる

ノートラップにボレーシュートを放たむと子はころびたり千度ころべよ

河野愛子の水仙の歌恋ひたるは二十代燃ゆる汗の国なりき

剣立てて異性をみつめゐたることステゴサウルスは夏の谷間に

燃ゆるとき人は弦《つる》なり冷ゆるとき人は笛なりわれも踊らむ

II

夏休み

ことばもつ寂寥ともたぬ徒然《つれづれ》とともどもあはし葉月朔日

ピアニカのしろき吹き口ひゆうひゆうと子の頭骨につながりて鳴る

ゴム草履履けば流離をなさむとすわれのこころは夕森の縁《ふち》

鬼やんま鬼のはだらはひかりつつあをき波呼ぶみづうみのうへ

落つれども蜻蜓《やんま》に将のまなこあり飛ぶことのなき時を濃くせむ

子を抱けばわが静脈の浮きいづるいつの日かわれも地を逐はれなむ

カウンセラー一彦はひさに会はざれどまた取りいだす『海号の歌』

千年の昔に俘虜となりし祖よその目おもほゆ休暇中日《なかび》に

篁になつのひかりは満つるともエル・ニーニョ暗き宴をよばむ

神を抱かむこころといふは気味わるしエヴァンゲリオン初号機の羽根

夏祭きりきりと人を押し流しああ貧のなき奈落かここは

アンタレス子午線上にかかるとき生ける虫みな蜜欲りて飛ぶ

三千年あまた書生を焼きし火ぞわれのそがひにゆらゆらとゐる

手花火は柳となれりその刹那われの死ぬ日を子は尋ねをり

ぬばたまのなかなる家族《うから》花火もて照らし照らさるそれぞれの時

石、花のごとく崩れて誰かとなふ殷・周・秦・漢ほろべほろべと

おごそかに欅大樹が闇を解くさまを見守《まも》りき子とその母と

かぶと虫飢ゑて死ゆくはあさぼらけ祭礼のごとし子の夏休み

蹴伸びしてプールの面《おも》にうかぶ子よただしづかなる新世紀来よ

迷ふなき螺旋といふはあやしきを朝顔は立つわが坪庭に

もの言はむ秋にはあらじ　朝顔のあかむらさきはみづからほどく

ラセン

羅《うすもの》の朝のをところきらりひらり落ちゆくと見え空は紅葉《もみぢ》す
唐辛子くれなゐ顕てど自負つよく実るもの秋は滅ぼしやまず
百舌よ秋　ことばはなべて嘘めけばむさぼらむ青き蟷螂《たうらう》なども
しらかべにFuck you! あまた書きながら少女恋ふなり学校の死を
暴走のをみなよいづこ消えゆかむかりがねの飛ぶ空のあけぼの
をとこへし花うしなひし草ばかり舞へど狂へど枯れゆく日本
関東平野終端に秋の富士立ちて炎ばかりの新宿見つむ

憂ひもてばことばはやがて濁りなむ朝の少女が藍を売る声

ＣＧの恐竜となり食ひあらす町もみどりも少年の内

あきかぜの階段教室どしどしと巨人族来てYeah! Yeah! す

色うすき桜紅葉はゆふべより飛ぶを恋ひけむ　朝窓に飛ぶ

をなもみを背《せな》につけたる少女あり冬の片恋なさむは誰ぞ

冷ゆること迅速なれば急《せ》く講義　ああわが声はひとりごとめく

関八州悪党となり駆けめぐる　科学とはいはばさういふこころ

Pentium IIにバグがあった

ミクロンの虫ほろほろり体内に鳴くはかなしゑ夜のペンティアム

コンピュータ鋭《と》きジレンマに死することキューブリックは赤もて描《か》きき

鬱金色のホームページを見て来しと初代卒研《そつけん》生は眠たげに告ぐ

「二〇一〇年、脳コンピュータはあるでしょうか?」　青年よ世界があるかまづ問へ

われの心ちがふと思《も》へどくらくらと落ちゆかむ谷川俊太郎「鳥羽」

ファックスを白鳥といひし人ありきいま膝に乗る白鳥のことば

はつなつの墓のくぼみに忘れおきし打ち水のごと　かの相聞歌

恋よりもひろき心を恋ふるとき晩秋の日がコロナ吐きつぐ

核酸も蛋白質もラセンもちねぢれゐるなりソファに床に

秋されどりんと立つ声ぅしなひて狂ふも小《ち》さき日本《につぽん》の家

ひつぢ穂は実りなき恋にくるしまむ夕焼け小焼けの歌ひびく道

マンゴーに刃を押しあつるひかりの夜《よ》おそろしきまで深しとおもふ

暁《あけ》の夢ながき境界《ボーダー》を歩みゐき醒めてまた読む「バビロンの処女市」

つゆむし

夜ふかくたまる埃の藍のいろうづまきやまず眠りなきわれに

ペガサス座まくろき雲をまとふときため息のごとき文字は書きつつ

つゆむしは急いでゐるかぎいちぎち秋はするどき匂ひとなりて

とろとろと蜂蜜が指へしたたるは崖《きりぎし》のごとわれをさそへり
秋の陽は屋根瓦灼くならねども関東の街うつすら赫し
はりつめて心を鎧ふこの秋のつねならぬ目よ人に知らゆな

蜻蜓

秋天はかぼそき藍を流しをり稔り終へたる濃尾の村へ
村屋敷どしどしと黒き薪燃やしああことばなき季節濃くする
燈火なき秋のゆふべにそのまなこらんらんとして蜻蜓《やんま》は遊ぶ
鬼蜻蜓そのまなこなるさみどりよ狂《きやう》しづもりしのちのかがやき

おほいなるメガネウラ*空をかきみだすうるはしかりし地球《テラ》よそのかみ
*約三億年前に出現した史上最大の昆虫。形はトンボに似ていた

桃子てふをとめはありてこの屋敷ころころ笑ひころころと泣く

跳びて跳びて死ゆく精霊蝗虫《しやうりやう》　ひとり子は深追ひをして見失ひたり

この村よ朝《あした》くれなゐの空ありき夕べはさらばその空の紺

松　阪

へるんへるん蔦の葉飛んで金襴の秋よ秋よと陽をきらめかす

平成に手で文《ふみ》書くはあるまじき夢なれば書けり　ここは松阪

鈴屋に鈴老ゆるこのしづけさを憎むとき都市は狂ひゆくらむ

どこまでも星を拾はむひととゐてわが言葉けふはリアルとなりぬ

われらただ歌ひ捨てむに天頂へ天頂へいくつ楓の葉飛ぶ

蜻蛉《せいれい》は髪より肩へうつりゆきあをし四十のをとこも時《とき》も

しろたへのあばるる菊は焚くべしと女《ひと》を憎めり西風の窓

ことば率《ゐ》て思想率ざりしあかるさよああ新世紀来《こ》ざらむごとし

ジャパネスクらはすべりして死にしのち刈られゐるなり初霜の菊

アララギ終刊など

大正三年三浦三崎の茂吉こそ狂ひがたけれ妻を見てゐつ

わがこころ大正後期アララギを冬葉尖《とが》れる叢《くさむら》と見き

加藤治郎も吉川宏志もアララギアンその顔の幅すこしちがへど

終巻と廃刊の差のかすかなれば問ひつめき若きアララギアンを

ゆふべ老荘あざやぎて来《く》と嘘つけばああ婆娑羅髪匂ひたつらめ

狂ひたき夢も一期も半分の残りなり百舌がきしんと啼けり

緑青

鮟鱇の吊らるる待ちて火をたけばああわれはただ夕闇の澱《おり》

ひたひたと緑青の噴きいづるまで父なるものはわれを見つむる

森

はしきやし木を撲つをとこぼかぼかと撲てばこたふる森の心臓

問へど問へど欅の枝のフラクタル世界はどこまで分岐するのか

なぜ俺を捨てて東京へゆくのかと夕森が問ふ早足にゆけば

東京を世界の孤児といひし友　韓国系米国人《コリアン・アメリカン》暗く強かりき

工学はしづかな愛技　わが指の老いゆくもときに蜜を生《あ》れしむ

あかときはいよよ峨峨たる山よ尋《き》く心もつことそも病なる　（伊藤一彦）

こたふるはさらなる病さはされど眠りの中も問ひつめられぬ

世界は求む万のこたへを　わたくしは遠きこたへを思《も》ひてほほゑむ

かくれ啼く郭公のこゑ寄り来たりなつかしきされど未知なる声よ

宵ごとに迷へど啼けど郭公よ選ぶすべなきか鳥のひとよも

木の抱くうす闇に手をさしいれて　〈死〉に選ばるるわれも言葉も

「ことば捨てよ」　よくよく思《も》へどなによりもことばなき死がわれは怖ろし

クワガタは越冬をすと子が言へば思ふなり子に幾度来る冬

抱くだらう吾子は少女をわれは死を　どこまでも深くなる森の道

平成元年、エルサレムに行った

ゲッセマネのオリーブの森　Jesusはさまよひてさまよひて使徒と別れき

三十枚銀貨に売りしユダよりもペテロは寒くひとを捨てけり

地にあまねきアルファ・ヘリックス*　われもきみも糸を巻き巻き引つ張て、BYE!

＊タンパク質のもつラセン構造

帰郷

二十世紀冷えてかたまる見えながらわれのジャンボは東京の上

博多から羽田へわれは藍うすき空の廊下をとぼとぼと来つ

「かばんペンギン」といふものあまたつかのまを眠りゐしなり春のみそらに

汗ばみて春から春へわたりくるにんげんの鳥、かばんの鳥よ

本郷・東大

大量虐殺《ジェノサイド》つひに知らざる顔をしてベルトの上の昭和・平成

「合格」のまひる踊れる子と母と　ああここはまだ地獄一丁目

さくら咲く母たちの群《むれ》綺羅の群研究室《ラボ》への道はふさがれてゐつ

吾を産みし研究室にかへれとふことばありだんだん重たくなりぬ

大学と大学のあはひすみやかに「割愛願」は春をとびゆく

愛なきにあらねどすごきことばなり「割愛」は人を移動せしむる

アカウントsakaiはいまだ残れるをホームページをととのへゆかな

スクリーン・セイバーを飛ぶ少女あり誰《た》がさびしさかざわざわと冷ゆ

漱石も寅彦も捨てしキャンパスにことばなくさくら立ちてほころぶ

冴えかへる桜の朝よ　処女のごとく冥王のごとき講義をなさむ

われにもう行くべき場所はあらざらむ大学院生どつと笑はす

さくら今年もパスといひけるうたびとへまた垂るるらむ花の乳房は

もう本気で歌をやる気はないんだろ、だろ、だろ　電子メールが問へり

パソコンが歌を殺すといふ噂消せども消せどもたちのぼりくる

舞ひ落ちてむらさきの塵光りをり　痩せ我慢のごと歌なすわれか

ヨーロッパが雌牛なりけるそのむかし学ありて一生《ひとよ》樽をころがす

三四郎に「日本ほろぶ」といふは誰？　こよひは誰もいはずなりたり

キーボードのうすきあぶらを拭きつつも怖ろし漱石が学捨てしこと

エヴァンゲリオン

春ゆふべあかき埃を散らしつつわが論稿の夢はうつろふ

研究室閉ぢて移らむ春なれどあたらしき博士きみを寿《ことほ》ぐ

終身雇用すでになき世を愉しめよあをき魚《いろくづ》さばきて呑まむ

謝辞さむき修士論文　こころなく誇ることだれに教へられたる

うすきうすきキャリアに縋り生くるなよ酒店「道草」言へど応へなし

ぐにやぐにやのつるつるのきらきらの鮟鱇の皮飽かず食ひ食ふ

夜半のぞくメール・ボックス「先生はエヴァンゲリオンを作れるか？（Y/N）」

「兵隊」とみづからを呼ぶ院生のうめきやまずもゲーム画面に

破戒はやとめどもあらず美少女のおびただしきをゲームは犯す

鬼たふしゲームを終へし青年よ氷のごとき口あけしまま

反面教師

雷《らい》がいま会議を撃つぞまた撃つぞかぎりもあらぬワープロの文字

δ《デルタ》から ε《イプシロン》へ会議たゆたへば永遠のごと眠たくなりぬ

研究者以前に教育者たれといふ　(さうさ私は反面教師)

オアシスてふワープロ壊れ蜃気楼《ミラージュ》てふ自動車に乗す　研究室《ラボ》の夜明けに

顔あげて研究の死を見送らむわがマグカップ朝焼けを浴ぶ

いくたびか女時《めどき》過ぎきてまた女時　いま冷えてゆくトルソーの胸

科学とは乱のこころとおもふまでふつふつと夜半をわきたちてゐつ

蝶

荘周の夢にをみなの蝶ありていくたびも彼《か》を舞はしむといへ

断崖に推理ドラマは終はること平凡なれど怖れなきならず

つらなりて男波・女波の浜を圧《お》すしづけさやわれを壊すしづけさ

名人

わが春の青息吐息さよふけて水晶のごとき会議はつづく
その首をしづかにまはし白鳥が霞の奥にほほゑんでゐる
破《わ》れ鐘のひびきてけぶる春なれば死のごとくあまき夢を見てをり
をののきて恋ぐるひなす名人のかすかに親し朝の鏡よ
藤なみのあまくほのけく群るる花見てゐるしのみにわが春はありき
ブルータスよ春の庭ふはと過ぎゆきてわが血の衣《ころも》いづこゆきしか

かまきり

梅雨ふかきここは大利根しんしんとかまきりの子が流れてゆきぬ

春秋の秋をうしなふしづけさやかまきりの子は恋ふることなし

われもここに死にゆくごとし水上のかまきりはいま天球の芯

勝ち負けははや問はざれどくさむらに決着のごとき凪がきてをり

みたびよたび齢《れい》かさねむと急ぐ虫　もの食ふ音のすきとほり聞こゆ

秋津島

秋津島こぞりてクローンの牛をくふその愉しみよ明日は知るらむ

神の有無もはやどうでもよきやうな真夏まひるのきんいろの鯉

ヒルトンへ子を連れてゆく道なかばほころびてをりわが靴紐は

どよどよと顔なき人が来ては去る平成レストランわれも飯《いひ》くふ

家庭また幻想なれどわづかなる金銭にわれら智恵しぼりあふ

国家てふ時代遅れのさびしさは影となりつつをとこ球蹴る

ああシュート刹那にほろび英雄とならむ顔こそほてりやまずも

新世紀

髪のにほひ夜のすきまをわけくればカンブリア紀の海とおもひぬ

火よかつてカーニバルの空焼きし火よいつまでも実りなき花なりき

ああ不惑とりどりに甘き花求め飾りおくこのこころの闇に

弦楽の波もつれあふ熱帯夜うつつの蜜はあふれがたくて

おもひびと姉となしつつ老いゆきしゲーテの知恵はかがやきそめつ

かもめただ抽象の白となりて落つ新世紀ここかしこ燃えつつ

『二〇〇一年宇宙の旅』が頭をよぎった

壮年の博士ら宇宙ゆかむとき感情のごとくＨＡＬ《ハル》はうごきぬ

工学はときに乳房《ちちふさ》よりやはき混乱にあり飽くまでなさむ

虫かごのなかに国政あるごとき一昼夜われは子にささげをり

天心を子は見つめをり天心の撒き散らかさむあかき星々

いつか子もはたりと開けて苦しまむ夜といふこの回転扉

あけやらぬ砂の世界よどこまでも風わたるかなあつき潮風

家族のこころまぎれゆかむぞ怖ろしき　太陽も草もひりひりと刺す

われはさむき髭燃やしつつ待つものをむくどりの群ふくれて寄り来《く》

業　房

わが肝へしづかに嘴《はし》をさしいれむ鳥のかげ今日はくきやかに見ゆ

待つほどに春昼《しゅんちゅう》の雲痩せゆくと学生よきみの〈時間〉を妬む

おほいなる火をつぐ侏儒のひとりとし実験室にまどろみてゐつ

むくどりの千の黒点舞はむまで恥ふかき黙《もだ》をけふは重ねき

夜と朝のあはひにしろき星浮きて身じろがずをりラボの格子窓

こころただおとろへて午前五時となる研究室《ラボラトリイ》に麵ゆでてをり

かの獅子のなみだ舐むるを待ちわびてあさく眠りをり東京の洞《ほら》

業房にくらくふしつつ藍ふかき夢がはてなく渦巻いてゐる

つばさ折れて電子メールのとどくとき紺のなみだはわれを満たしぬ

データのほのか暴るるディスプレイ寄りゆかなわれは背を丸めつつ

寺

わが手より秋の水まけばおもむろに傾かむとすゆふばえの庭

うすくはげしく暮れなむ肩をふるはせてわがひとりごが紅葉刈りゆく

霜月はわが生まれ月いまはただ眠れる寺にあひにゆきなむ

やがてざばりと土を動かすもみぢ葉よあまき色もてなにをか待たむ

寺庭のはぐくむはすでに人ならぬこころか菊もふるふなるべし

をみなごが妻となりし日　をのこごが生《あ》れし日　あはれひたぶるのわれよ

うたふごとき平和をわれら愛すれどわらわらとくろき虫があそべり

をとめらの四柱推命あしたよりくるほし怖《こは》しひた推す命

試論また恋のごとくにみだるるを秋かなしかり女文体《をんな》

そらまめの皮むくを急ぐなにゆゑぞ問へどこたへず子はひた急ぐ

サンタクララ

昼ふかく白亜の群れが叫ぶこゑとどろき聞こゆサンタクララに

村中《むらなか》に一万坪のビル建てて人は酔ふらむこの新世界

新世紀蜜のごときみは語りつぐ業房にタコスほほばりながら

コンピュータ愛すれどなほざわめきて翳ることばをわが言ひやまず

鏡よ鏡、世界でいちばんうつくしい国はいづこぞ（鏡答へず）

ちやぷちやぷとミルクの波をくづしつつわが手の指の熱しこの朝

スメルジャコフ

霜ふりし竹の千葉《せんえふ》　あゆみ来れば薄目のごとも葉がわれを見き

ほそきふかき峪《たに》を隔てて住みふれど父の案山子よつひにわらはず

女人《によにん》おそふは女人抱くよりたはやすくスメルジャコフはかなしきわが子

いひさして掠ることば　すでに子はわれよりふかき虚《うつろ》のごとし

その母の知らざる淵をきみも見む　紺のインクはにじみやまねば

せまりきてなぎたふす間《ま》のあでやかなさびしさよああ木枯らしの尖《さき》

「香炉峰」の清少納言はしきやし　カーテンとぢて妻に告げゐつ

菊坂よ妻ならざりし日のきみを泣かせしわれを覚えてゐるか

けぢめなしあまつ雪雲《ゆきぐも》くづるるは本郷菊坂おそひやまずも

星

地蔵尊胸の赤布濡らされてほのかに笑ひをりかへり道

秋雨に金魚の墓は掘らるると子のひとみそこにさらはれてゆく

週終ふるつかれは眉に乗るといへどうちきれずこの式の円環

わが見しはアルキメデスの夢なりき　妻眠る部屋しづかに出でぬ

結語打てぬ「工学の未来」けふもまたひとひうつろふつれづれのごと

せんせんと竹のいただき吹かれをりはるかな青をよぶ秋の空

シリウス星系アルファ・ケンタウリ　うたびとはさむくちひさくはてしなきもの

父捨てててたどりつきたる薄明のすずしさやろろと啼く虫のかほ

葡萄一果半透明の肉いでて老父はほほとたのしむならむ

ひまはりの屍《かばね》はただに黒かりと父いへり朝の歩みを終へて

楓の蜜すくひては落とすあさぼらけボルツマンの死をわが反芻す

ぶわぶわとズボンの裾がわめくとき裸者われがつひに立ち上がりゆく

あとがき

『スピリチュアル』以後の三年余りの歌から三九八首を集めて第四歌集としました。私の三十代末期の歌集ということになります。歌集題は集中の一首「子は莳けりジャックの種子を　われはもう見守りもせぬはつなつの部屋」からとりました。

この短い間に、私は三度職場をかわりました。

昼の世界の私の専攻は情報工学であり、これは今、かなり人気のある分野です。進歩も激しく、技術的蓄積の三〇％が毎年古くなって捨てられてゆく、とも言われています。大きな技術的潮流に遅れずに、いつも一歩先をいくのは、なかなか大変なことです。と同時に、「従来の科学技術の枠組みは人類をもはや幸福にしないのではないか」といったグローバルな問題に対しても、技術屋の立場から答えてゆくことが必要な時代になってきました。私自身は、環境問題や世界平和といった現在および未来の課題に対しても、科学技術の方法論はじゅうぶん有効に機能すると考えておりますが、この点の議論は、別の機会に別の場所で深めることになると思います。

この歌集の時期、『鑑賞現代短歌・塚本邦雄』（本阿弥書店）を出し、またアンソロジー『新星十人』（立風書房）に参加しました。さらに、三年前にインターネットを使った活動のいくつかを立ち上げましたが、これは今、超結社で隆盛をみており、その一部は『ＧＫドキュメント』の形で活字化されています。また、「かりん」が二十周年を迎え、同世代や若手が育ってきたことに大いに刺激を受けたころでもありました。こうしたさまざまの出来事を受けて、私自身の歌もいくぶくか変化したと思います。

馬場あき子・岩田正夫妻はじめお世話になった「かりん」の方々、歌壇の方々にありがとうを申し上げるとともに、歌集出版を快く引き受けてくださった短歌研究社の押田晶子さんに感謝したいと思います。押田さんは、私が歌をはじめて間もない頃から、活字にあらわれる以上のことをしてくださいました。

＊

第三歌集を編み終えたとき、私は一週間の無重力生活から帰還した宇宙飛行士のような思いがしました。この歌集を編み終えた今は、これから長い長い航海に出る船長のような気分です。

一九九九年三月三十一日未明

坂井修一

歌論・エッセイ

「やおよろず」は失われたか?

——グローバリゼーションと短歌

どこにでもあるスーパーマーケットの駐車場。コンクリートの地面の割れ目からアザミが細い茎をのばし、いただきに紫の花をつけている。そこに橙色のシジミ蝶が来て、とまるともなく去るともなく、ただようように飛びめぐっている。

とるに足りないこんな光景をしずかに見まもったことがあるだろうか。幼稚園や小学校低学年のころ、わたしたちは大きな好奇心や興奮をもって、こうした小さな命の営みに見入ったものだ。捕虫網で蝶をとらえたり、名もない草を抜いて遊んだりもしただろう。

小学校の上級生や中学生になると、サッカーや野球などのスポーツに夢中になるし、そうでなければコンピューターや演劇などのクラブ活動にいそしむようになる。そして、早い遅いの差はあれ、受験勉強の波に呑みこまれていく。

いまの日本では、受験勉強は、そのまま出世競争、生存競争へとつながっていく。就職したあとも、社会の中で出世や生き残りのためにあくせくすることとなる。いまにはじまったことではない。人間社会で生きるとは、古来、そういうことなのだ。

わたしたちの先人にあたる歌人たちの人生を思いだしてみると、かれらも晩年にいたるまできびしい競争のなかにあり、多くが敗れ去って失意に沈む人生を送っていたことがわかる。古くは大伴家持、在原業平、菅原道真、紀貫之。近代の与謝野寛、長塚節、石川啄木。そして現代歌人の誰彼まで。

いまのわたしたちは、土曜・日曜や祭日といえども、仕事や家事など生きるための俗事に苛まれつづけている。盆暮れの休暇などわずかな時間以外は、アザミに舞うシジミ蝶に生きものの愛らしさやあわれを感じることなく、ただただあわただしく暮らしている。わたしもずっとそうだった。

五十五歳になる今年、職場から「セカンドライフマップ」という冊子が送られてきたり、直近の同僚が定年前に引退したり、と、そろそろ人生の着地点を考えるよううながされることが何度かあった。定年までいまの仕事を続けるべきなのか。数年内にもっとちがう種類の仕事に鞍替えするべきなのか。生業とは別に、これまで深くかかわってきた短歌をこの調子で続けるべきなのか。ただ続けるだけではなく、残りの人生では、短歌やこれをふくむ文芸にもっと大きな比重をかけるべきなのか。それとも、もしかしたらこのあたりが文芸からの引きどきなのか。いつまで元気でいられるのか。どんなふうに死を迎えればよいのか。

わたしの生業の恩師は、二十七年前、大腸癌からくる腹膜炎で亡くなった。五十六歳だった。誰が見ても、激務がたたっての早死にだった。最期の日々、先生が衰弱しながら、病室でわたしたちの研究の指導をしてくださった姿を、いまでもよく思い出す。先生を心から尊敬しながら、亡くなったときには、正直、「あの仕事にだけはつくまい」と思った。

そのわたしが、四半世紀を経て、恩師と同じ場所に立ち、同じ仕事をしている。あのときの思いをみずから裏切ったのである。好きで進めてきたことだし、人並みに努力した結果だ。それでもこの仕事と役割は、やはり自分には重すぎる。弱気のときは、そんなことを思わなくもない。

周囲の人びとを観察すると、いまというきびしい時代では、大多数の人がそういう思いを抱いているのではないか、とも見える。

買い物帰り、人生の着地点について思いめぐらしながら歩いていて、冒頭のような光景に出会った。とりたてて個性があるわけではないアザミとシジミ蝶に出会い、しばらくぼっと見まもっていた。

湿潤なモンスーンアジアで育ったわたしたちは、人間と他の動植物が生命として同じものだという考えかたに、やはり親しみが湧くのだろうか。平凡な光景を見ながら、あのアザミも、シジミ蝶も、わたしと同じ命あるものであり、遠からず死んで土にかえるものなのだ、などとばくぜんと思っていた。この思いが、なんのてらいもなく自然に、しずかに湧いてきたので、そのことに正直、おどろいたのだった。

道行く人――それはわたし自身かもしれない――が気まぐれを起こせば、アザミもシジミ蝶も一瞬で命を奪われてしまう。だれかが足で踏みつけ、手でなぎ払えば、それだけのことだ。ちょっとした風や雨が彼らの命を終わらせることだってある。

わたしの命だって同じなのだろう。赤の他人や、自然現象によって、たやすく終わりになってしまうものだ。戦争、自然災害、交通事故、テロリストや精神異常者の無差別殺人。わたしたちは日常、そんなことが起こらないように注意を払って生活しているが、ほんとうのところ、こうした事件や事故がいつふりかかるかわからない。命の危険は、時と場所を選ばないのだ。

＊

地球上には、知られているものだけでも約百五十万種の生物がいるといわれている。そのすべてを形づくる細胞には、核酸という物質がふくまれていて、これが遺伝をつかさどり、わたしたちやアザミやシジミ蝶にこの姿形を与えるとともに、自己増殖をくりかえさせている。

生物は、自然の中でもとりわけ重要なものであり、空に、陸に、水中に、地下に、この地球のあらゆるところに生息し、活動している。その生物のひとつがホモ・サピエンス、すなわちヒトである。

生物学的に見れば、ヒトとそれ以外の動植物の違いは小さなものだという。類人猿のボノボ（ピグミーチンパンジー）は、遺伝子の割合にして、一・三％しかヒトと違わない。九八・七％はわたしたち人間と同じなのだ。

遺伝的にも、食物連鎖という意味でも、命あるものたちは、人間を含めてつながりあっているのである。しかし、わたしたちは、実はそういう自覚のもとに文明を作ってはこなかった。より正確にいえば、そういう考えのもとに作られた文明は、近代以後の世界で中心的・支配的なものにはならなかった。いま繁栄しているのは、人間とそれ以外の生物の間に線を引き、後者から（広く自然から）食料や燃料・建築資材などの生活資源を略奪搾取する文明である。

　そう。社会的には、人間とそれ以外の動植物には歴然とした差が設けられている。ことば、火、道具、農耕、文明、戦争（同じ生物種の大規模な殺し合い）。どれも人間に特有のものだ。

　人間は、自分たちの権益を大きくするためにことばを使う。科学技術のことば、法律のことば、経済のことば。どれにも実利的な意味があり、ときにそれは、自分以外の人や、人間以外の動植物や、生物以外の自然を傷つけ、こわしてゆく。

　人間は、自然の美しさや生きることのむずかしさ、命のはかなさを表現するためにもことばを使う。文芸はそういうものだ。

　このように、ことばには、実利的な側面と芸術的な側面があって、この二つが混じり合っている。人間にとって、これは原点にある自己矛盾、あるいは原罪の荊冠のようなことではなかったろうか。

＊

　どの人種のどの民族にも神話がある。神話はさまざまな自然現象をおそれうやまう気持ちからはじまったといってよい。

　日本には、やおよろず、ということばもある。八百万と書く。数がひじょうに多いことのたとえであるが、おもに「神」の形容詞として使われる。すなわち、やおよろず、とは、一木一草に神が宿るとする日本の自然観・宗教観をあらわしたものとされる。

「単調で荒涼な砂漠《さばく》の国には一神教が生まれると言った人があった。日本のような多彩にして変幻きわまりなき自然をもつ国で八百万《やおよろず》の神々が生まれ崇拝され続けて来たのは当然のことであろう。山も川も木も一つ一つが神であり人でもあるのである。それをあがめそれに従うことによってのみ生活生命が保証されるからである」

（寺田寅彦「日本人の自然観」）

たしかに、砂漠由来のキリスト教やイスラム教には、「やおよろず」のようなことばの用法はない。彼らにとって、神はただひとり、たったひとつのものである。

ところで、ヨーロッパやアジアの国々の多くは、もともと多神教国だった基盤の上に、キリスト教やイスラム教の文化が作り上げられた経緯がある。ペルシャ人、インド人、ギリシャ人、ローマ人、ゲルマン人。彼らはもともと多神教の信者であった。

「はじめに神話があった。偉大な神は、インド人やギリシャ人やゲルマン人の魂の中で創作し、表現を求めたように、どの子どもの魂の中でも、日ごとに創作をくりかえしている。

私は、自分の故郷の湖や山や谷川がなんと呼ばれているかも、まだ知らなかった。しかし、小さい光で織りなされた青緑色のなめらかな広い湖面が、太陽をあびて横たわっているのを、また、けわしい山が湖面をひしひしと取り囲んで、そびえているのを、私は見た。」

（ヘルマン・ヘッセ『郷愁』高橋健二訳）

植生のゆたかな土地のひとびとは、日本人がそうであったように、自然のさまざまな様相の背後に超越者を見て、神話をあみだしていった。それは、はじめて意識して郷土の自然にふれる子供たちの目と耳と心で、おのずから再生されている、とヘッセはいう。

自然は、さまざまな意志をもつものとして昔の人々の原初的な心にとらえられてきた。何百世代にもわたって、こうした形のない思いがくりかえし味わわれてきたのである。しかし、いまのわたしたちは、こうしたことを追体験したり、考えたりすることがほとんどなくなった。

「やおよろず」を感じたり考えたりすることができ

なくなったのは、近代以後の社会のなかで生活するにはしかたないことかもしれない。とくに現代人は、物理法則の支配する「もの」と、数字の支配する「こと」の世界で生きている。わたしなど、その典型といってよい。

情報工学の教育研究者として、新しいコンピューターの処理方式や構成法を考案して生きてきたわたし。その隙間を縫いながら大和民族の伝統詩である短歌をつくりつづけてきたわたし。一般論として歌は神話と近いものがあるとはいえ、わたし個人の創作物に神話のはいる余地はなかった。

＊

何年か前、短歌の世界で「アニミズム」ということばがはやったとき、わたしはこれに対して否定的だった。

アニミズムは、自然の万物に魂が宿るとする原初的な宗教思想で、いまのこの時代、どこからアプローチしてもそんな考えの入る余地はないだろう。「やおよろず」のナイーブな再現は、ありえない。そう思ったし、誰彼となく口で言ったし、雑誌に書いたりした。アニミズムを口にする歌人に、直接反対の意思表示もした。

さいきん亡くなった民俗学者の谷川健一さんは、これに対して、猛烈な反対のことばを投げかけてきた。面談の場で直接罵倒されたわけではないが、谷川さんが巨体を揺すりながら怒りに震えているのが見えるような発言もあった。

理系のおまえになぞ、日本文化の伝統の何がわかる——そんなことまでおっしゃられているようであった。

このときの谷川さんとは、わずか二、三回私信を交わしただけであって、雑誌や本などのかたちで世に出てはいない。だが、わたし自身にとっては、谷川さんとのやりとりは、(多くの論争がそうであるような) ばかばかしい無益なものではなかった。

谷川さんは、このとき、わたしの短歌作品を読み、ものの見方、感じ方に自分と共通のものがあるのを読みとってくださったようで、わたしにたいする態度は、当初からはかなり変わった。ほんとうに理解しあえるところまではいかなかったが、わたしの歌の愚直なところを評価してくださり、激励もしてくださった。

谷川さんは、八十歳を過ぎて「日本のことを考えて悲哀感を払拭できない」とおっしゃり、「すぐれた思想、文学はつねに二重に孤立しています」と書かれ、私にそういう道を歩み続けよ、と発破をかけてくださった。

本当は、彼の民俗学について直接にお話して学び、わたし自身が考えている現代社会のパラダイムシフトについて説明して、考えを聞き、批評を仰ぎたかった。わたしのもくろむ新しい情報学が、谷川さんの自然観や民俗学とまっこうから対立するものではないことを、理解していただきたかった。

こんなことばをもらったわたしが、彼が死んだいまになって、自然や生命について思いをめぐらしている。因果といえば因果だが、たんに谷川さんとわたしの関係というよりは、時代の大きな流れの中の、目立たないがたいせつなひとつの点景であろうと思う。

＊

袖ひちてむすびし水のこほれるを春立つけふの風やとくらむ　「古今集」紀貫之

古今集の巻頭二首目に置かれたこの作品は、四季のうつろいを「水」のシンプルな相変化で歌ったものとして知られるが、初句の「袖ひちて」がやはりたいせつであって、ここで人間と自然のかかわりを歌おうという基本姿勢が見られるのである。夏、袖を濡らしてすくった水が、冬に凍り、春風にとかれてふたたび液体の水となる。そのくりかえしで年が過ぎ、人生が過ぎてゆく。いまとなってはあたりまえだろうが、日本人の人生と四季の関係は、このような歌によって形になったとも見える。

「(貫之の『古今集』仮名序は)日本人の思想における抜きがたい、そして度しがたい自然性原理ともいうべきものが、一木一草の揺らぎにも感情移入しうる高度に洗練されたアニミズムという形で主張されている。だいたい、超越性、反自然性、非妥協的原理性といった諸特質は、明確な論理性に貫かれた自律的な思考なしには成立しないものだ。そこには文明性の原理がある。貫之の考え方にみられるような日本人の自然観は、そういう意味での文明性とはまるで異質な場でも成立しうる洗練された文化があるということ、その成立根拠と可能性を示しているともいえるのである」

(大岡信『紀貫之』)

ここで大岡信が、「文明性の原理」ととらえているのは、西洋において一神教的なドグマによって構築された論理体系である。特に近代以後、これは世界を統べる原理であったし、いまもありつづけている。いわゆるグローバル・スタンダード(世界標準)の基盤となる原理である。

それに対して、日本人の「度しがたい自然性原理ともいうべきもの」は、分析と総合という手順を踏むことなく、あらゆる自然現象、あらゆる生命現象によりそいながら、「高度に洗練されたアニミズム」を編み出し、これを「洗練された文化」として定着させた。その源流に、紀貫之というすぐれておおきな泉があったのである。

わたしたちは、貫之以後の和歌文化を、日本固有の深い美学・思想に裏打ちされた文化として、世界に誇ってよいのだと思う。同時に、いまのようなグローバリゼーション——ハンバーガーとスマホに象徴される薄くて軽いグローバリゼーション——の中で、その価値をわかりやすく世界に伝えるのは、とてもむずかしいことだといわざるをえない。

日頃、わたしは技術系の学生たちに、「国際競争のできない人間は、二一世紀を生きる資格がない」といって、かれらを鼓舞している。そのわたしが、グローバリゼーションの世界に生き残れないかもしれない短歌を愛し、これに固執している。変といえば変、矛盾といえば矛盾といえる立ち位置だ。

誰もが期せずして国際競争に巻き込まれていく時代といわれる。物流や情報通信の進歩を思えばこれはとうぜんのことで、製造業、金融業、情報サービス業などは長くそういう状態だったし、農林水産業もこれまで以上の競争にさらされつつある。とくに昨今かまびすしいＴＰＰの条約が締結されるなどすれば、加速度的にそうなっていくと予想されている。

「将来は、年収一億円か一〇〇万円に分かれて、中間層が減っていく。仕事を通じて付加価値がつけられないと、低賃金で働く途上国の人の賃金にフラット化するので、年収一〇〇万円のほうになっていくのは仕方がない」

（柳井正「朝日新聞」二〇一三・四・二三）

「一億円か一〇〇万円か」。このことばは、ユニクロの会長兼社長である柳井正の発言として有名になった。もしそうなったら、わたしを含めた大部分の日本人は、年一〇〇万円、つまり毎月八万円ちょっとの収入で暮らさなければならない。これは、とてもつらい、きびしいことだ。

さらに、一億円かせぐ人も、一〇〇万円しかかせげない人も、この時代に生きるには、それが地球上のどこであっても、そうとうのいそがしさ、せわしなさを覚悟しなければならない。自分だけは例外でありたい、俗世間とは一定の距離をおいて古典や現代文学を読みふけり、ときに創作もしたい、というのが、文芸愛好家の望みなのだろうが、これは遠からず夢のまた夢ということになりそうだ。

この時代を生きる人は、一部の例外をのぞいて、皆、そうなるのだろうか。なんとか生計を立てるためには、せわしなく働き、世界のいそがしさに荷担せざるをえない。むしろ、追いこまれすぎて、「いそがしさ」そのものに喜んで荷担しているような奇妙な場面だって出てきているかもしれない。自分が被害者になったと思うと、そうでない人に嫉妬や恨みを感じやすくなるものだ。それが高じて、ほんらいは仲間であるはずのすぐれた文芸家の脚をひっぱる人が出ないともかぎらない。

「やおよろず」文化は世界には通じないから、わたしたちはこれを捨て去って、グローバルスタンダード（国際標準）に従わなくてはならない（あるいは、グローバルスタンダードを作り上げる立場に立たなくてはならない）。これは、日本という国を滅ぼさないための必要条件に見える。いっぽうで、「やおよろず」を捨てることは、日本文化を基盤のところから捨て去ることであり、経済は残っても心や精神は滅びるということになりかねない。どちらにしても、わたしたちは、わたしたちの伝統文化やそれに基づく精神を失うことになりそうだ。

そんな単純な、しかし論理的には必然というしかない結論を、それでもわたしたちはいまだに留保しつづけ、二十一世紀のいまも歌を詠みつづけている。

いったいそれは、なぜなのだろうか。

それに答える前に、もうほんの少しだけ、短歌におけける「やおよろず」文化のありようを見ておこう。

若の浦に潮満ち来れば潟を無み葦辺《あしへ》をさして鶴《たづ》鳴き渡る　『万葉集』　山部赤人

憂きことを思ひつらねて雁がねのなきこそわたれ秋の夜な夜な　『古今集』　凡河内躬恒

夕されば野辺の秋風身にしみて鶉鳴くなり深草の里　『千載集』　藤原俊成

梟《ふくろふ》よ尾花の谷の月明に鳴きし昔を皆とりかへせ　『白桜集』　与謝野晶子

古今の名歌の中から、鳥の鳴く歌をあげてみた。

赤人の高名な叙景歌では、満ち潮で居場所（餌場）を失った鶴たちが、岸に近い葦の生えている場所をさして鳴きながら飛んでいったという。まぶたを閉じてこの歌を反芻すると、広い海辺の景の中を鶴が舞い移る姿が、じーんと見えてくる。ここでは、歌は自然の景の描写に徹していながら、生きとし生けるものが本来もっている喜びや悲しみが、おおらかににじみ出てくるようだ。

雁の鳴き渡るのに、人の憂愁を重ねた凡河内躬恒。二句の「つらねて」が「雁がね」の縁語となり、ここで心理から情景への展開がはかられる。二句三・四のリズム、四句四・三の（係り結びの）リズムが効果的で、四句に感動の焦点を置き、結句の余韻がよくひびく。一首の調べの中に技巧が沈められて、いまを生きるわれわれにもしみとおってくるような作品に仕上がっているだろう。

「夕されば」は、藤原俊成の自賛歌として知られる（『無名抄』）。ウズラという鳥の鳴き声のおもしろさ（私の耳にはキュルキュルルーと聞こえる）、地名「深草」と野の草深さが重なる情趣など、魅力はつきないが、一首の中でこれらを律しつつ、全体を統一的・普遍的な悲しみの相に落とし込んだのは、やはり三句「身にしみて」のしずかな迫力であろう。伊勢物語に、男に捨てられそうになって「野とならば鶉となりて鳴きをらむかりにだにやは君は来ざらむ」と詠んだ女の話があり、「夕されば」の一首の背景をなしている（本歌取り）が、藤原俊成の歌の冴えた緊迫感は、もとの歌とは別の種類のものだ。

与謝野晶子の歌は、この作者最晩年のものである。転地療養の山荘で、栄光の中にあった若き日々を懐かしみ、孤独で不自由となった老いの身を嘆く歌と読めるが、明暗のコントラストというよりは、むしろ高次の執心や老いの思いの激しさを語るものとなっている。特に、「梟よ」の初句切れから二句三句の早口で高めていく晶子らしいリズムの作りかたには、老境の中に一瞬若々しさが復活してくるのすら感じられ、結句「皆とりかへせ」にいたって、原点回帰の力と、老いの絶対性のふたつに全存在が引き裂かれてゆく晶子自身の姿があらわになっていくようだ。

一三〇〇年以上の歴史の中で作られた無数の作品の中からわずが四首をあげてみたが、鳥が鳴くのを詠むだけで、短歌は文芸としてそうとうの広さと深さをもつことができたことが、すぐに読みとれる。そこには、神経を使い尽くすような助詞・助動詞の細やかな用法や、句切れや本歌取りなど、和歌の固有性を深掘りする独自の技法の発展があった。

そう。詩には、比喩、倒置、リフレイン（反復）、押韻など、どの文化圏にも共通する技法がある。対句、掛詞、縁語、擬音語、擬態語などもそうかもしれない。いっぽうで、枕詞や序詞、本歌取りなどは、短歌に固有の技法だろう。

技法だけでなく、主題そのものも含めて、歌人たちが試みた固有の深掘りは、わたしたち日本人に大きな豊かさをもたらしてきたが、いっぽうで、これがために、短歌が表現してきた主題や情趣は、グローバリゼーションには耐えられないとする見方もある。たとえば、降雨によってたやすく「深草」が作られ、秋になれば「尾花」がいっせいに穂を揺らすような自然環境は、この地球上では普遍のものではない。また、日本語を使えるのは、世界の人口の二%弱にすぎないし、その日本語固有の等時拍リズムは、西洋の詩とは根本的に違う情趣を醸すことになる。

もういっぽうで、短歌を地上の一地域にかぎられた民族の文芸としてたいせつにしていく。それだけでなにが悪い。それ以上になにが必要なのか。そういう考えや疑問をもつ人も、とうぜんいることだろう。

どちらの見方も理解できるが、私はどちらの見方もとらない。短歌が、伝統をたいせつにしながら、国際的な視点ももち、グローバリゼーションに対して開かれた文芸であってほしいと切望するからだ。また、そういう考えで、これまで自分が短歌を作ってきたからだ。

＊

グローバリゼーションは、大きな歴史の潮流として避けられないもののようだ。それは、経済の過当競争と貧富の格差拡大をもたらし、世界中の人々から人間らしい暮らしを奪っている。資本家は、お金を守り増やすためにすべての時間を使わなければならないし、労働者はただ生活に必要なお金を稼ぐために、やはりすべての時間を使わなければならない。

そういう世界で、石油をはじめとする自然の資源は使い尽くされ、遺伝子組み換え植物が大地を覆い、あらゆる国の小学生たちは、スマホ片手に受験競争を戦っている。

人間性の喪失、とひとことでいえるような現象が、グローバリゼーションによって、それこそ地球上であまねく観察されるようになった。"We are the 99%"（「我々は人口の九九％の貧しい人間だ！」）のプラカードをかかげてウォール街を占拠したアメリカの若者たち。ＩＴを駆使してカンニングをする日韓の大学受験生。多国籍企業のバイオ小麦に席巻されそうなイラク全土の農家たち。欧州の若い失業者の群れ。アフリカ全土をおおう飢饉と貧困。

いったい、この世界で、人間はどうなっていくのか。遺伝子治療ができるほどに文明が進んだのに、もっと人にやさしい世界は作れないのか。いま、人類にとってもっともおおきな問題がこれだろう。

これらの問題の解決は、まずは国際協定や法制度を作り、しっかりとこれらを運用・施行することから始まるのだろう。さまざまな制度や商品の問題点を洗い出し、人間社会のよってたつべき理念やわたしたちの健康にかかわる基準を満たさないものは排除する。安全衛生基準を満たさない食物は売れないようにする、国際環境基準を満たさない開発はあらゆる国で禁止させる、などがこれだ。生存のための法律・基準づくりである。

同時に、単なる生存だけではない感情生活の落ち着き、精神生活の豊かさが、生きていく上ではやはり必要だろう。人間らしさをどうやって守り育むのかが、大きな課題となる。

日本の短歌に見られるような、自然と人事・人情の重ね合わせは、いまの世の中でも力をもつのではないか。高度に洗練された感傷の表現は、わたしたちだけでなく、より広い範囲のひとびとをなぐさめ、再生させる助けになるのではないか。

いまここで「感傷」というと、甘やかで現実逃避的なものを想像して、「そんなものは通用しない」と言いたくなる。しかし、ここでいう「感傷」は、自然にあるもろもろとの交わり、特に、動植物たちや他の人々との交流・交感を意味する。

山部赤人の鶴も、凡河内躬恒の雁がねも、藤原俊成の鶉も、与謝野晶子の梟も、そうした交流・交感が深く自然に成り立つことが前提となって詩になったのである。信仰としての「やおよろず」ははるか昔に形骸化し、ほろび去ったのだろうが、精神風土としての「やおよろず」は、昭和の晶子の時代まで、生き残っていたのである。

このような精神風土としての「やおよろず」をわたしたちが完全に喪失するとき、いったいなにが起こるのだろうか。そこにあるのは、自然からの過剰な収奪であり、完膚なきまでの自然破壊だろう。そこには、わたしたちの心の荒廃が、かならず結末として待っている。

自然を保護し、人格権を守るための政策は必要だが、それだけで自然と人間が守れるとは思えない。ほんものの文化芸術がなくてはならず、その根っこのところには、「やおよろず」への思いが必要なのではないかと思う。それは、わたしたち日本語を母国語とする人間たちだけでなく、世界中の人びとにとってそうなのだと思う。

もちろん、わたしは、日本語芸術（短歌だけでなく能や歌舞伎も含めての日本の芸術）だけによってそれが伝えられるなどというつもりはない。音楽・絵画のほうに普遍性があると思えば、そういうものに注力すれば良いのだ。

しかし、言語芸術には、思想と感情を同時に直接盛り込む大きな役割がある。短歌には、長い伝統の中でみがきあげてきた「やおよろず」との交感の表現がある。ナショナリズムではなく、ほんとうの意味の日本的なおだやかなやりかたで、これをグローバルに発信していくことは、いまこそ意義深いことと思わずにいられない。

日本人みずからが歌を捨て、「やおよろず」との交感を忘れている昨今である。今言ったのがいかにたいせつなことでも、実効性が乏しいのはたしかだろう。いっぽうで、二〇世紀のヘルマン・ヘッセがヨーロッパの山々に見ていたものを思い、世界中の知識人たちがローマクラブで訴えたことを思い、昨今のＩＰＣＣの粘り強い活動を思えば、「やおよろず」が世界を舞台に新しい姿形を与えられても、おかしくはないだろうと思うのである。

わたし自身、万葉以来の歌の伝統についてこれからますます深く学ぶ必要を感じているし、最近では、それ以前の縄文文化にも強い興味を覚えはじめている。これからも文明の「合理」と文化の「感傷」に引き裂かれながら、こうした伝統をわたしなりの考えで咀嚼・再検討し、反転してこの時代の人間らしさとはなにかを時間をかけて考え、かなうならばあたらしい「やおよろず」のありかを探ってゆきたい。

（「日本現代詩歌研究11」
日本現代詩歌文学館、二〇一四・三）

悽惆の歌

「来るべき短歌」とは、これからの若者が詠む短歌のことであろう。そこで、若者の短歌について考え、また二十代、三十代の若いひとびとと語りあおうということになる。そうすると問題になるのが、いわゆる世代間の格差である。

正社員就業率や年金の受給額などにあらわれる経済格差。地球温暖化やオゾン層破壊などの環境格差。食糧供給量の格差。今のおおかたの高齢者が平和な世界で長寿を楽しみ、おだやかな死を迎えられるのに対して、若者たちは、このままいけば、飢餓と貧困と環境破壊の中で悲惨な人生を歩み、死ぬことになりそうだという。

大学で教鞭をとっていても、「今より幸福な未来」を思い描いている学生が少なくなったと感じる。なるほど、情報技術（ＩＴ）やバイオ技術の進歩で、そう遠くないうちに、高精細の立体テレビや癌の特効薬も現実に作り出され、市場で売られるものとなるだろう。しかし、そのいっぽうで世の中はごく少数の大金持ちと大多数の貧乏人に二極化される。前者はお金もうけをするだけで眠る暇もないほどいそがしく毎日を過ごすだろうし、後者は目の前に何でもあるけれど何も（立体テレビや癌の特効薬はもとより良質の食糧や住宅も）手に入れられないみじめな生活を送るだろう。

そんな中、大金持ちにも貧乏な人にも、短歌を詠む人は出るだろう。ただし、それは、かつてのような一億総中流の意識（周囲が皆同じような生活をしているという意識）で作る短歌とはかなり違うものになるだろう。

これが公式的に考えられる「来るべき短歌」像ということだが、本当にそうだろうか。

＊

今まさに没落しつつある中流の一人として、私もまた「幸福な未来」を考えにくくなっている。私自身の置かれた場所で、自分と周囲の未来をすこしでも良いものにするための努力を続けざるをえないのだが、これも悪あがきのたぐいにすぎないかもしれない。

これからわれわれを待っているのは、ほんとうに今以上に非人間的な経済至上・効率至上の世界なのだろうか。これから短歌を作ることは、格差に満ちたひどい世界のごたごたを背負って苦しみ生きざるをえないわれわれが、みずからをかえりみてあわれみ悲しむというそれだけの行為なのだろうか。

なるほどこれからの時代は、この世界から精神性が失われ、人類の文化が衰退し、われわれ皆が没落していく時代かもしれない。しかし、そこでわれわれの心が軋みながら発する悲鳴のような声は、まだしばらくは人間的なものであり続けるのではないか。

あるいは、千数百年以上の昔から、短歌は、人間の理想からはほど遠い世界の中で、そういう悲鳴をあげる役割を負っていたのではないか。

うらうらに　照れる春日《はるひ》に　ひばり上《あ》がり
心悲《こころがな》しも　ひとりし思《おも》へば
（万葉集巻十九―四二九二）大伴家持

この高名な歌には、「春日遅々《ちち》に、鶬鶊正に啼く。悽惆の意歌に非ずして撥《はら》ひ難きのみ。よりてこの歌を作り、式《もち》て締緒《ていしょ》を展《の》ぶ」との左注がつけられていた。天平勝宝五年（西暦七五三年）二月二五日作ということなので、今から一二五〇年以上前の作ということになる。

家持の「悽惆《せいちう》の意」は、歌でないと晴らせないのだという。「悽惆」とは「いたみ悲しむこと。悲しみなげくこと」（『日本国語大辞典』）である。詳しくは次の通り。

「『悽』は心痛、『惆』は『万象名義』に『痛也、愁也』とあり、共に、心が晴れ晴れせず痛むことを表わす。失意を表す字」

（「日本古典文学全集」『萬葉集』注解）

上代の名門の家に生まれた大伴家持。政争に明け暮れ、けっきょくは敗北して世を去っていったこの人物を、われわれは歴史書によってよりも、この歌によってよく想像できるだろう。家持の時代の社会制度は、今とはくらべものにならない単純なものだった。だからといって、人間としての悽惆の心が、今の若者たちよりもとるに足りないものだったわけではない。

＊

今の若者たち、近未来の若者たちは「悽惆の意」をどうやって晴らすのだろうか。創作活動だけをとっても、文芸、絵画、漫画のような従来からあるものだけでなく、アニメや映画や音楽を個人が簡単に作れる時代である。今、短歌にこだわる理由はないのかもしれない。

むしろ短歌でなければできない、短歌だからこその「悽惆の意」の晴らしかたがあるのかどうかが問われるところだろう。あるとしたらそれは、伝統の時間を引き寄せ、これを新しい時代に蘇らせることで、自分だけではない大きなものの上に、自分独自の悲しみや怒りや痛みや苦しみを表現することにあるだろう。

社会の行く末には楽観する余地が少ないかもしれないが、短歌表現のつらなりが未来に続くという点で、私は、まだまだこの様式について楽観していいのではないかと思っている。あと三十年ぐらいは、「悽惆の意」を表現できる歌人が出続けるという意味においてのみだが。

（「短歌現代」二〇〇九・九）

倒立する〈近代〉

――『桐の花』の地模様

北原白秋の第一歌集『桐の花』の真ん中あたりに「秋思五章」という群作がある。秋という季節の進行に沿って動植物や風俗や家族・知人を詠ってゆくもので、明治末ごろの東京の風景や生活が歌人の目を通して観察されている。

「秋思五章」は、その名の通り、「Ⅰ　秋のおとづれ」（九首）「Ⅱ　秋思」（七首）「Ⅲ　清元」（十首）「Ⅳ　百舌の高音」（十二首）「Ⅴ　街の晩秋」（六首）の五章四十四首からなる。それぞれの「章」は、さらに一首ないし四首からなる節に分かれていて、節にも番号が振られている。このようにわかりやすい二層の構成をとっており、うら若い白秋が生きた近代の季節感やそれにまつわる喜び悲しみがその中で表現されている。

松脂のにほひのごとく新らしくなげく心に秋はきたりぬ　Ⅰ　秋のおとづれ

鳳仙花うまれて啼ける犬ころの薄き皮膚より秋立ちにけり　同

食堂の黄なる硝子をさしのぞく山羊《やぎ》の眼のごと秋はなつかし　Ⅱ　秋思

きりきりと切れし二の絃《いと》つぎ合せ締むるこころか秋のをはりに　Ⅲ　清元

水すまし夕日光ればしみじみと跳《は》ねてつるめり秋の水面《みのも》に　Ⅳ　百舌の高音

わが友の黒く光れる瞳より恐ろしきなし秋ふけわたる　Ⅴ　街の晩秋

五つの章の中で、結句に「秋」という言葉の入った歌を拾ってみた。読んでわかるとおり、季節は単に秋というにとどまらず、秋の中のどのあたりの時候なのか、より細やかに特定された作となっている。

ここに出てくる人間や動植物と「秋」という季節の関わりについて、少し見てみよう。

読者の心に最初にしみこんで来るのは、登場する動植物がもつ繊細な情趣である。読者はまず感覚的にこれに触発され、美しい調べとともに静かな涼しい陶酔へと導かれる。

この情趣は上品なものだが、上品すぎはしない。とても人間らしいところがあり、ときには生臭さすら伴っている。新しい風俗を描き、新しい感覚を表すことに注力しつつ、風俗・感覚だけではないものも示しているようだ。

一首目では、最初に「松脂のにほひ」で鋭敏な感覚を示しつつ、これを「ごとく」の直喩に直して三句四句の「新らしくなげく心に」と人間心理に展開し、さらに結句「秋はきたりぬ」で大きな季節感へと広げてゆく。二首目は、「鳳仙花」の初句切れでこの植物の鋭い存在感を示し、続いて「うまれて啼ける犬ころの薄き皮膚より」と二、三、四句を使って赤ん坊の犬の柔らかく薄い「皮膚」に注目する。こうして痛々しく震えるような感触・感覚を示しながら、最後は「秋立ちにけり」とやはり大きな季節感でまとめている。三首目では、「食堂の黄なる硝子をさしのぞく山羊《やぎ》の眼のごと」と四句使って、人間の営みを見に来た山羊の「眼」を描きながら、ここまでぜんぶを直喩に直して序詞のように歌の文脈を転じ、「秋はなつかし」と結ぶ。

四首目では、三味線の「二の絃《いと》」を隠喩として、人間の心の痛ましさを言う。ここでも結句は、「秋のをはりに」という季節の直叙であり、上四句と対照をなすようにしつらえられている。五首目はこれまでの歌のような比喩は用いず、ただ単に水すましのようすを歌ったものだが、「夕日光ればしみじみと跳《は》ねてつるめり」は白秋らしい独特な言葉の斡旋がなされている。また、結句「秋の水面《みのも》に」とおさめて、鋭さと静けさが同居する感じがよく伝わるように工夫されているだろう。六首目は、「秋思五章」の最後に置かれたもので、友人の「昏く光れる瞳」をこの上なく「恐ろし」としながら、結句は「秋ふけわたる」とやはり大きな季節感をもって作品を閉じている。

さて、これらの歌で、「秋」の果たす役割はいったい何だったのだろうか。

ひとつには、「秋」は、個々の事象や白秋自身の感覚・感情に寄り添ってその背景をなすもの、いわば地模様として描かれていると言えるのだろう。

そのいっぽうで「秋」の役割が単なる地模様かといえば、読者はそうではないと感じていると思う。それぞれの歌で、嘆き悲しみなつかしむ心や命とはじめから一体不可分のものとして、歌の中心をなす図柄なのか地模様なのか渾然となって見分けがつかないものとして、読者には「秋」が意識されるのではないか。

一般に近代以後の短歌では、作中の「われ」が図柄として中心に描かれ、地模様として自然や季節が描かれる場合が多い。両者は協調することもあるし、対立することもあるが、これらはいったんは別の物として分けられ、その後で融合ないし離反するのがふつうだろう。

たとえばこんな具合である。

いちはつの花咲きいで丶我目には今年ばかりの春行かんとす　『竹の里歌』　正岡子規

なにとなく君に待たるるここちして出でし花野の夕月夜かな　『みだれ髪』　与謝野晶子

かなしみの戀にひたりてゐたるとき白ふぢの花咲き垂りにけり　『赤光』　斎藤茂吉

子規の歌では死にゆく「われ」が、晶子の歌では君を恋う「われ」が、茂吉の歌では悲恋にもだえる「われ」がまずあって、「いちはつの花」「花野の夕月夜」「白ふぢの花」などの自然や「春」という季節がこれに共鳴し、また対峙するものとして登場する。

これに対して、白秋の『桐の花』の世界は、「われ」はあることはあるが、これを自然や季節と対峙させて浮き立たせるのではなく、むしろ自然や季節の中に拡散するように歌っている。図柄としての「われ」と地模様としての自然や季節をこのように混交させることで、子規や晶子や茂吉とは別種の情趣・感覚・思念を表現している。

『桐の花』の世界は、作品の中で人物の「われ」を屹立させたがる近代以後の短歌・文芸とは大きく異なるものだった。それは、「われ」と季節や風景の主客のかかわりを明瞭なものとはせず、図柄と地模様を渾然とさせたものである。そしてこのことは、端的に「秋五章」の掲出歌にもよく現れている。この意味では、高名な「哀傷篇」などは、むしろ例外的な一連と言えるだろう。

では、『桐の花』で表現された、晶子や子規や茂吉とは別種の情趣・感覚・思念とは何だったのか。そのことは、近代短歌の世界で、どういう意味をもっていたのか。さらに今の文芸の世界でどういう価値をもつのか。ここまで来ればやはり、どうしてもこれが問われなければならない。

＊

かつて中野重治は、白秋作品を近代を通過しないハイカラであるとして強く批判し、次のように述べた。

「この異国趣味とダンディズムと官能的惑溺とは、それが目立つだけそれだけその人間の内生活の空虚をあらわしていた」
（『斎藤茂吉ノート』）

この白秋批判についてかつての私は、中野のいう「近代」がものごとの〈構造把握〉を原理としていることを述べ、「白秋においては、情緒的なものが、〈構造把握〉を介さずに放射しながら調和してゆく作品世界の全体性」に真価があると述べたことがある（『斎藤茂吉から塚本邦雄へ』）。

今の私は、さらに具体的に白秋の価値評価を進めることで、中野重治たちのいう「近代」の考え方から、もっと具体的な形で離陸してみたい。

鳳仙花うまれて啼ける犬ころの薄き皮膚より
秋立ちにけり

この歌の結句「秋立ちにけり」を主体の拡散・解消ととることは間違いとはいえないが、ここに図柄と地模様の逆転・倒立を読みとるのが、さらに優れた読みのありかたではないかと思う。そして、上四句にただよう汎生命的な悲劇の予兆が、大きく「秋」全体に広げられて世界中を満たすところに、ひとりひとりが「われ」に執して身動きできなくなっていく「近代」の窮屈さを超えた白秋短歌の香気があり、二十一世紀的な価値があるのだと私は考えてみたい。

すなわち、このように、図柄から地模様への放射や拡散、あるいは図柄と地模様の混交、さらには地模様が図柄の存在を超えてしまう倒立の中に、白秋の超近代性があったのであり、そのことは、近代や戦後を通過した今でこそ価値のあることであると私は言ってみたいのである。

それは、昨今の社会と個人の現実に照らして、どういう意味をもつことなのだろうか。

近代以後の社会に、個我の探求は必須のものであり、それは短歌という伝統文芸の上でも、近代から現代へ、戦後から二十一世紀へと深く広く行われていった。このことに大きな価値を置くのは当然のことである。いっぽうで、これまで言われてきた「われ」と「世界」の関係は、実は「われ」と「われから見える範囲の世界」との関係の謂いであり、遠いアマゾンの自然や、アフリカの人々など見えないものを〈外部〉としてそこからはずすものであったことも理解されようとしている。これらが〈内部〉として意識された歌の世界は、まだまだ見えてきていないと言わなければならない。

第二次世界大戦中の歌人たちの作品に、幼稚なナショナリズムを認めてこれを批判し反省するのは大切なことだったが、今、さらに大切なのは、今述べたような近代・現代の構造的欠陥を理解して、これを乗り越えることである。そして、この構造的欠陥は、まさに地模様を分離したり、地模様に枠線を引いたりしたことから生じたのであった。

『桐の花』の北原白秋の歌のように、図柄から地模様へと放射して広がっていき、境界線をもたないような作品を、私は今、じゅうらいの白秋評価とは違う次元で高く評価したい。それは、近代の超克が社会的にも思想的にも最大の課題となっている二十一世紀にこそ意味をもつことだからである。

だからといって、『桐の花』の作品が二〇一〇年代を迎えた今にそのまま通用するというわけではない。『桐の花』一巻は、われわれの歌う世界を広げて〈内部〉〈外部〉の境界を消し去り、新しい時代の人間のありようを探っていく端緒を与える歌集ではないか。私がこの文章で言いたいのはそういう可能性である。『桐の花』に新しい価値を付与するのは、二十一世紀のこれからの文芸である。そこには、図柄と地模様のまったく新しい逆転・混交・倒立が企てられなければならないし、私が常々述べてきた「現代人の悲鳴のような声」（前掲「悽惆の歌」）もまた、こういうところで発せられるのではないかと考える。

（「かりん」二〇一〇・一）

『沙羅の木』百年に思う

二〇一五年は、森鷗外の『沙羅の木』が世に出て百年目の年であった。

この二年前には北原白秋の『桐の花』と斎藤茂吉の『赤光』が上梓されており、以上三点が観潮楼歌会によって結びつけられるのを思えば、『沙羅の木』も明治末から大正初頭にかけての詩歌の大きな流れの一翼を担うものととらえられる。

いっぽう、『沙羅の木』が歌壇にもたらしたものは、残念ながら小さかったと言わなければならない。『桐の花』や『赤光』が今でもしばしば特集の対象となるのに、こちらは一部のフリーク（玉城徹や岡井隆もこの範疇に入る）を除いて無視され続けている。

なるほど、短歌表現について白秋や茂吉の力量は抜群で、今のうたびとたちへも大きな影響が及んでいるのはまちがいない。ところが、彼らはどうやら〈古典〉の地位を確立しきったようである。彼らより年長の鷗外は意外にしぶとく、この二十一世紀の私たちに、同時代的な示唆を与え続けていると、私には見える。

それはどういうことか。

歌人は『沙羅の木』というと、すぐさま「我百首」を思う。しかし、この書の本領は、短歌ではなく詩、ことに訳詩にある。鷗外訳の「海の鐘」（デーメル）には、透明な槌で頭をなぐられる爽快感がある。「イギリスの嬢さん達」（クラブント）や「神のへど」（同）の容赦のなさは、ホンモノの世界へと私たちを覚醒させ、さらに次元のちがう抒情にいざなう。

神のへど　　クラブント　森鷗外訳

どの神やらがへどをついた。
其へどの己は、其場にへたばつてゐて、
どこへもどこへも往くことが出来ない。

でも其神は己のためを思つて、
いろいろ花の咲いてゐる
野原に己を吐《は》いたのだ。

己は世に出てまだうぶだ。
おい、花共、己を可哀く思つてくれるのか。
お前達は己のお陰で育つぢやないか。
己は肥料《こやし》だよ。己は肥料だよ。

「その翻訳の年月は、今定かでないけれども、大正四年に出た詩集である以上、晩くても二、三年中の業とおぼしいが、その頃これだけに口語の詩を易々とこなしたのである。かつてその人は『即興詩人』の幽雅体、『水沫集』の艶麗体を事とした人である。それを考へても、かれが如何に言語を使駆するの自在であるかを、特に感情と言葉との因襲と情勢とにとらはれず、詩情の赴くがまゝに易々と新文体に入りうる自在と柔軟と聡明とを持つてゐたかを悟ることができよう」

（日夏耿之介『明治大正詩史』）

「この鷗外の非感傷的でシャープな口語語感は、ある意味で朔太郎よりもずっと新しいのである。鷗外の『沙羅の木』をみるとき、わが国の現代自由詩は、このような先覚の驚異的な完成と識見によって、今日の生長をとげてきたものであることを、つくづく思わないではいられないのである」

（村野四郎「鷗外の訳詩」『明治文学全集』31巻月報）

近代から現代までの短歌に限っていえば、その作物はどれをとっても、いまだ『沙羅の木』に及ばないところがある。もちろん、「我百首」を凌駕するものなどいくらもあるが、「自在と柔軟と聡明」「驚異的な完成と識見」という詩の本質において、『沙羅の木』の訳詩群は、今となっても歌人たちが伏して仰視するほかないものではないか。

＊

まがごとをもたらさむひとよどみつつ國語あやふくあやつるふゆよ
「短歌」2月号　吉田隼人

読みさしの大戦史あり合掌のかたちに閉じて書庫にかえらず
「朝日新聞」8月4日夕刊　寺井龍哉

中国の不死の男が街娼を愛する話　夏の楽譜に
「本郷短歌」第4号　服部恵典

今年、こんな歌を読んだ。

しぶとく韻を重ねながら、日本の為政者と現況を皮肉る吉田隼人。大戦史の本が「合掌」を続けると見立てる寺井龍哉。閉塞感漂う日常の中で、聖俗混交の音楽が記された譜面を見つめる服部恵典。こうしたもっとも若い歌人たちの表現の中に、大きなスケールの社会性や人間観が出つつあることに、私は注目した。

吉田の作品はジュリアン・グラックの『シルトの岸辺』を下敷きにしている。腐るまでに熟した『シルト』の世界と日本の現況を、こんなふうに重ねてよいものか。そんな疑問を私は提しておいた（「短歌研究」7月号）。

寺井作品のタイトルは、「焚書前夜」。この歌の後で何が起こるのか、「焚書」の日、作者はどう行動するのか、まだ示されていない。

服部は知的な皮肉を歌って鮮やかだが、はたしてこの音楽は、公衆の前で奏でられることがあるのだろうか。それは何を人々にもたらすのか。やはり、そこまで描いてほしい。

これらの歌には、背後に不吉な物語があり、それは解決のめどが立たないままに提示されている。具体的には、原発事故や安保法制に代表される不安定な日本の状況があるかもしれないが、彼らはマスコミ的な言辞を退け、独自のことばを探っている。

ここからさらに一歩を踏み出すことは、彼らに、そしてわれわれに、何をもたらすのだろうか。

今、うら若い彼らの作品を読みながら、私は森鷗外を、そして与謝野寛や永井荷風を思い出している。

たとえば大逆事件(一九一〇年)の後で、当時の文人達は何を感じ、何を考え、どうふるまったのか。それを今に対比させると、何が見えてくるのか。

＊

一九一〇(明43)年五月、大逆事件の大検挙があった。「大逆」とは主君を殺す大罪であり、特にここでは、幸徳秋水らによるとされた明治天皇に対する殺人未遂事件を差す。一九一一(明44)一月、その秋水らに死刑判決が出され、すぐに執行される。当時、森鷗外は四十八歳、公人としては軍医総監(中将相当)、慶応大学顧問であった。また、小説家として『青年』を執筆中(「スバル」掲載)。歌人として観潮楼歌会を主催した直後であった。大逆事件では、弁護人であった平出修のアドバイスにあたり、社会主義や無政府主義についてレクチャーしている。

文芸家森鷗外は、大逆事件にどのような反応をしたか。

第一に、思想の自由・表現の自由を擁護する立場を明らかにした、『沈黙の塔』『ファスチェス』『食堂』などの作品を、「三田文学」に発表した。

「芸術も学問も、パアシィ族の因襲の目からは、危険に見えるはずである。なぜというに、どこの国、いつの世でも、新しい道を歩いて行く人の背後には、必ず反動者の群がいて隙を窺《うかが》っている。そしてある機会に起って迫害を加える。ただ口実だけが国により時代によって変る。危険なる洋書もその口実に過ぎないのであった」

(『沈黙の塔』「三田文学」一九一一・一一)

『沈黙の塔』では、インドのパーシー族の思想弾圧を批判することで、思想の自由・表現の自由を縛ること(発禁問題を含む)への批判をした。ただし、ここでは、思想の中身や表現そのものの是非について深く論じているわけではない。

鷗外の態度として、第二にあげられるのは、見込みのない「暴発」への批判である。

「平八郎は当時の秩序を破壊して望《のぞみ》を達せようとした。平八郎の思想は未だ醒覚せざる社会主義である（中略）
平八郎は哲学者である。併しその良知の哲学からは、頼もしい社会政策も生れず、恐ろしい社会主義も出なかつたのである」
（『大塩平八郎』「中央公論」一九一四・一）

鷗外はここで、大塩平八郎の乱を「未だ覚醒せざる」社会主義者の暴挙とする。近代日本の「覚醒し（つつあっ）た社会主義」とは距離があるが、暴発の空しさには共通するものが見られるということか。
第三にあげられるのが、社会秩序と思想の相克の問題である。これが最も深刻かつ微妙であった。

「（森鷗外は）審議過程において如何に批判的であっても、結局は強権の前に立ち止まらざるを得ない。明治四十四年になると、運命的な陰気な心情、『寂しさ』を基底にした作品が目立つ。（中略）大逆事件に象徴されるように、ようやく明治絶対主義体制の矛盾が浮彫りにされてき、鷗外の立場は一層微妙さを増した。五条秀麿物と呼ばれる『かのやうに』連作をとおして、神話と歴史、秩序と人間のあり方を追求したことは、まさしく鷗外ならではの試みといわねばならない」
（『新潮日本文学アルバム「森鷗外」』）

ここで五条秀麿物とは、『かのやうに』『吃逆《しやつくり》』『藤棚』『鎚一下《か》』の四つの短編を指す。五条秀麿はこれらの物語の主人公。若い知識人であり、子爵家の子息であるとしている。

「（五條秀麿）『かのやうにがなくては、学問もなければ、芸術もない、宗教もない。人生のあらゆる価値のあるものは、かのやうにを中心にしてゐる。昔の人が人格のある単数の神や、複数の神の存在を信じて、その前に頭を屈《かが》めたように、僕はかの

やうにの前に敬虔《けいけん》に頭を屈める。その尊敬の情は熱烈ではないが、澄み切つた、純潔な感情なのだ

（中略）

　手に取られない、微《かす》かなやうな外観のものではあるが、底にはかのやうにが儼乎《げんこ》として存立してゐる。人間は飽くまでも義務があるかのやうに行わなくてはならない。僕はさう行つて行く積りだ。』（中略）

（綾小路）『人に君のやうな考になれと云つたつて、誰がなるものか。百姓はシの字を書いた三角の物を額へ当てて、先祖の幽霊が盆にのこのこ歩いて来ると思つてゐる。道学先生は義務の発電所のやうなものが、天の上かどこかにあつて、自分の教《おす》はつた師匠がその電気を取り続《つ》いで、自分に掛けてくれて、そのお蔭《かげ》で自分が生涯ぴりぴりと動いてゐるやうに思つている。みんな手応《てごたえ》のあるものを向ふに見てゐるから、崇拝も出来れば、遵奉《じゅんぽう》も出来るのだ。人に僕のかいた裸体画を一枚遣つて、女房を持たずにゐろ、けしからん所へ往《い》かずにいろ、これを生きた女であるかのやうに思へと云つたつて、聴くものか。君のかのやうにはそれだ。』

（『かのやうに』「中央公論」一九一二・一）

近代日本にあって、神話や伝説を軸に価値観をつくっていくのは無理がある。そこを、「かのやうに」の仮構によって秩序維持をはかろうという秀麿に対して、友人の綾小路は、卑俗な例をあげながらこれを否定する。

旧来の習慣を重んじ価値観を仮構しながら今に秩序を作ることは可能か。鷗外は苦々しい思いをもって、こうした問答の全容を見つめているようである。

今から見れば、森鷗外は、二つのダブルスタンダード（二重基準）の持ち主であったと思える。

ひとつは思想的ダブルスタンダード、すなわち「かのやうに」の考え方である。神話と近代思想・科学の混じった明治の体制（社会・家族）を、価値観を仮構してどうにか維持しようと考えている。さきの引用にもあった通り、鷗外自身、その限界は熟知して

いたが、思想や表現の自由とともに、社会秩序を大切にする姿勢もまた顕著に見られる。

もう一つは、世俗的ダブルスタンダードである。当時の鷗外は、「常磐会」なる旧派和歌の歌会を山県有朋らと開催している。軍医人事権問題などでは陸軍の頂点に君臨する山県有朋の支援を受け、明治絶対主義体制を利用した処世をしながら、いっぽうで思想の自由・表現の自由を弁護した。

有朋と鷗外の関係は、初期の小説『舞姫』に山県が「天方伯」として登場することから、若い頃から親密なものだったと考えがちである。しかし、二人の関係が深まったのは明治末期であり、大逆事件の時代を通して、思想的には対立したはずの二人の結びつきがかえって深くなっているのである。


「(有朋と鷗外は)既に明治四十二年に『古稀庵記』の起草を委嘱してゐる間柄であり、鷗外との直接の面晤の機会も三十九年以来のことである。それでも山県が本当に森に心を許す様になつたのは『かのやうに』に述べられてゐる様な思想の穏健性を看て取つてより以後のことであるらしい」

(小堀桂一郎「森鷗外と山県有朋——明治の終焉まで——」)


どういう部分でつきあうことができ、どういう部分は敬して遠ざけるべきか、山県は自由主義の信奉者であった森鷗外を時間をかけて探り、彼に対する戦略を定めていったということかと思う。

いっぽう、鷗外に着目すると、当時高い地位にあった知識人の世俗的な処世術がどんなものか見えるようで興味深い。木下杢太郎は鷗外を「テエベス百門の大都」と賞賛したが、鷗外自身の本意・不本意には関係なく、こうした深く綿密な「腹の探り合い」のようなものも「百門」の資質には含まれることと思われる。

文学作品の効用という点では、さらに微妙なところがある。すなわち、鷗外自身の分身ともいうべき五條秀麿に、父親に対する情と近代思想の相克を引き受けさせながら、急進的な自由主義や社会主義の思想に赴かせず、穏健で折衷的な「かのやうに」の哲学を語らせるところなど、実社会の実力者たちを安堵させるところがたしかにある。

そう。「五條秀麿物」を文芸作品として見れば、進歩思想と世俗的配慮の妥協の産物に見える。鷗外の思想的ダブルスタンダードは秀麿によって語られ、世俗的ダブルスタンダードは鷗外が彼に語らせることの中に端的に現れている。

森鷗外は、このような二重の制約をもちながら活動していた。ダブルスタンダードは、知識人文芸家の中ではけっして珍しいものではない。古くは古代ローマの劇作家たちも、ルネサンス期のシェークスピアも、十九世紀のドストエフスキーも、皆ダブルスタンダードを精神に飼い、むしろこれを発条として創作に打ち込んだ。たとえば、今の中国の良識派の作家たちにも、これは先鋭な形であるのではないか。

鷗外は、明治の啓蒙家としての自分の立場・考え方の限界を理解しており、さらに何度も自省し考えを深めていくという態度をとっている。この頃の鷗外は、今あげたドストエフスキーなどと比較しても温和で内向的であり、作品には、思想的・感情的な行き詰まり感が見られ、上品ではあるが全体に静かすぎ、閉塞感が漂っているように見えなくもない。

さて、五條秀麿物の最後に置かれた『鎚一下《か》』という小説に、秀麿の日記の一部として書かれた次のような文章がある。

「爰《ここ》に社会から虐待されつつ育つて来た青年の一人と交る人があるとする。其人の生活は決して平穏ではあるまい。さう云ふ青年が寄り合つて出来た集団の中央に、幾年の久しい間身を置いて、その一人一人に人間としての醒覚《せいかく》を与へようとしているH君の生活は、実に驚くべきものではないか。己の感動したのは、H君の此日常生活を思つて感動したのである」（『鎚一下《か》』）

ここで登場したH君は、利益の薄い大理石の採掘を、不遇の青年たちとともに汗して行っているキリスト教信者だ。

鷗外は、結局のところこうした小さな実践の中に人間の気高さを認め、日本社会で新しい思想や哲学が静謐のうちに試みられるのを喜んでいたようだ。

彼は、社会思想の上では幸徳秋水のような革命家に近くても、実践的には彼らから遠い篤志家なのである。ドイツの教養小説の主人公のような、社会的にエスタブリッシュされ成熟した個人なのである。

このH君の延長上に、鷗外の敬愛した渋江抽斎を置くことも可能だろう。抽斎は医師であるとともに、儒者であり、芸術の理解者であった。損得の勘定を超えて、構えの優れた人間として一生を送った。

＊

鷗外のダブルスタンダードを非難するのはやさしい。反対に、その性格を分析し、効用を論じることは、とてもむずかしい。ダブルスタンダードを抱えながら筋の通った事をなすには、醒めた精神を保ち、深い洞察力をもって物を見続け、行動し続けなければならないからだ。たとえば、先にあげたドストエフスキーは、ロマノフ王家に対して、そういう態度を貫いたといわれる。鷗外は、聡明さにおいては国際級だったろうが、当時の日本の体制内で、良きダブルスタンダードをブレなくきちんと演じきれたのだろうか。

『沙羅の木』に話を戻そう。同書の訳詩は、ほとんどが一九一四年に文芸誌「我等」に発表されたものの再録だ。これらに見られる知的な皮肉は、日本社会の大きな理不尽に対して身を処しきれず、結論を導き出すことのできない自分自身に向けられたものかもしれない、と私は思うのだ。そうだとしたら、鷗外の重く苦い思いは、『沙羅の木』の訳詩の軽みの中に深く忍びこんで彼自身を揺さぶり続けたことだろう。これらの詩は、じっさい、自然にそのように読めるのだ。

かつて鷗外が抱いた深刻な憂愁を、今度は百年後の私たちが抱くことになるだろうか。鷗外をとりまく状況と私たちの状況は、どこが同じでどこが違うのか。今のような時代に、はたして鷗外と同様のダブルスタンダードは受け入れられるものなのか。あるいは、文芸人の戦略として有効なのだろうか。

（「短歌年鑑二〇一六」「回顧と展望」に加筆　角川書店）

解説

迷宮への旅立ち

――坂井修一歌集『ラビュリントスの日々』書評

栗木京子

行きまどい、踏み迷い、ひたすら迷う――万事がせっかちになってしまったいまの世の中にあって、いつのまにか忘れられていた「迷う」という行為。「迷う」ことが、その深いところで湛えつづけてきた熱さやさしさに、久しぶりに出会うことができた、そんな思いがしている。

『ラビュリントスの日々』一巻はまことラビュリントス（迷宮）の名の通り、生という洞窟に手さぐりで踏み出した青年の、真摯な「迷い」の記録である。

雪でみがく窓　その部屋のみどりからイエスは離《さか》りニーチェは離る

ラビュリントスの入り口へと読者をいざなう、歌集冒頭の一首である。作者が二十歳になったばかりの頃の作品と思われる。

二十歳といえば、大学の教養課程を了えていよいよ各々の専門分野を目指し学部へと進学する時期であろうかと思われる。宗教や哲学、音楽や美術、そして文学といった豊かな世界に感性をあそばせてすごした、十代の日々。珠玉の日々の記憶を、彼は「この部屋のみどり」というやわらかな形容をもって表現している。みどりいろに薫っていた日々にわかれを告げ、科学の最先端をゆくコンピューター工学の若き研究者として、彼はここから出発することになる。しかし、岐路に立ったとき、作者は、決して大上段に決意を表明することをしない。この歌の初句、「雪でみがく窓」と、さり気なくしかも清冽に言い差して置いた八音のつぶやきは、青年の深い迷いと、それゆえの心揺らぎの美しさを伝えて、比類ない輝きを放っている。「迷う」という行為の魅力を、暗い側面からではなく、若々しく新鮮な苦悩の側から照らし出した佳吟として、忘れ難い一首である。

　この作品の初句が端的に象徴するように、坂井氏の歌は、いずれも、きわめて繊細な羞《やさ》しさを私に感じさせる。

　彼の作品世界が有する骨格の整った重心の低い詠いぶりは、たしかに二十代の若者にはめずらしいと言ってもよく、「反ライトヴァース」の硬派の歌人、という印象を与えがちである。そのことは、学究的頭脳的な職業人としての人物像とも相俟って、ちょっと近寄り難いスタティックな緊張感を作品に張りめぐらせることとなっている。しかし、そういった輪郭の堅固さにもかかわらず（あるいは堅固さゆえに、と言うべきか）、私は前にも述べたように、坂井氏の歌が内蔵する、ひじょうに繊細なやわらかさに心を惹かれるのである。硬の内なる軟が醸し出す心地よさ、とでもいったらよいのだろうか。たとえば、

　籠に飼へぬ頼家蛍と吾がことを呼びし母はや
呼ばぬ父はや

校廊を拭きぬわれらの数学はパスカルにとつ
て道楽たりし

数学に勝ちて恋にも勝ちし道　さびし卑小な
満悦なども

歌集前半に散らばるこれらの作品は、故郷に心を寄せて詠まれた歌で、いわば坂井氏の作歌の原風景とも解し得るものである。温州みかんの実る、明るい海沿いの街。単なる優等生というよりも、旧制高校生気質にも似た自由な精神の持ち主が、私の想像の中には浮かぶ。豊かに愛されて育ってきた、という記憶は、得がたい羞《やさ》しさとして、作品世界の土壌に生きつづけているようである。

　このナイーヴな柔軟性は、歌集中盤では、次のような闊達な詠い口として発揮されるようになる。

踊るより踊らぬ阿呆親しけれさらさらと風の
わたる桟敷に

たはむれに妻あやめたる三島宿《じゆく》喧嘩次郎兵衛

はさびしく太る

破魔矢にもしづかなる魔は宿りつつ今生ぞ濃き小森日和よ

思索的で沈黙の深い作品群にまじるこれらの歌の伸びやかな声調もまた、作者にとって大切なものであると私は思うのである。

そのことは、さらに、歌集後半の近詠に至ったとき、

ひらひらと設計仕様屑となりてひと夜を舞へりわれは笑はむ

優生学《ユーゼニクス》的愛恋といふ造語笑ひつつすぐす夜もゆるすべし

科学者も科学も人をほろぼさぬ十九世紀をわが嘲笑す

こういった「笑うこと」の詠み込まれた作品となって、新たな截り口を呈示してくれているように感じられる。

かつて坂井氏は、岡井隆作品における「笑い」の性質に触れて、〈この笑い方というのは、岡井さんはすごく人間としても振幅のある方でして、揺れの激しさみたいなのをうまく回収する手段でもあるわけですね。〉と述べている。（60・5ゆにぞんのつどい）この発言がとても印象的であったせいか、私は、坂井氏が歌集掉尾の一首として前掲三首目の「嘲笑」の歌を据えたことに、周到な彼の心くばりを深読みしてしまうのである。

坂井氏の「笑い」はかなり苦みの勝ったもので、殊に三首目の笑いは、複雑な、そして戦慄的な印象をもって読者を釘付けにする。科学者にとっては、最新技術こそがいのちである。過去のこと、遅れていることは、罪悪視すらされる運命にある。しかし、医学の進歩が次々と新種の病いをつくり出していったように、科学の発達は、人類に自らを滅ぼすための手段を手渡すこととなってしまった。この相克の前に立って、作者が沈黙によってではなく、嘲笑に

よって、問題を自己の内部に回収しようとしたことに、私は大きく驚いたのである。様々な笑いの淵に踏み堪える過程において、作者は歌人として男性としてのふところの深さを増しててゆくのではなかろうか。

「告ぐるごとき沈黙」と「言葉なき笑み」の両刀を手に、魔窟の奥のミノタウロスに向けて、さらなる果敢な迷宮行がつづけられんことを祈っている。

（「短歌」一九八七年三月号）

父なるもののゆくえ

――坂井修一歌集『ジャックの種子』評

内藤　明

1

現代の若い歌人の中にあって、坂井修一ほど感情の大きな振幅を内部に蔵し、それを自ら深く自覚し、また時にそれに溺れながら、さまざまな方法でその揺れや葛藤を歌に刻んで来た作者はあるまい。

籠に飼へぬ頼家螢とわがことを呼びし母はや呼ばぬ父はや　『ラビリュントスの日々』

目にせまる一山の雨直なれば父は王将を動かしはじむ

つきつめてゆけば工学も文学もわれを救へぬものかもしれぬ

二十代の作を収めた第一歌集が出版されたのは86年のことだが、生きている現実に拠りながら、自らをつきつめていく世界は、その時代の中においても特出したものであった。そこにあらわれている父性原理や自己葛藤や他者や世界との関係は、いささか古典的な青春像を思わせたが、理性と情念、秩序と逸脱、高揚と沈鬱、剛直と繊細といったさまざまな混沌を抱えながら、坂井は歌という形式によって「われ」を劇化し、輪郭をもった「われ」の像を表出していったといってよい。「工学」と「文学」の間で揺れ動く自画像は、私などにはいささか大抑に見えるが、おそらくそれは二十代の作者の状況にあって切実かつ重要なものだったのだろう。もちろん、『ラビリュントスの日々』の秀歌は、こういったあらわな自己追求からのみ生まれたものではないが、さまざまな葛藤を核にしながら、坂井の短歌は生成されてきたといえるだろう。

そして、「工学」の世界に身を置きながら、場を世界に広げた坂井は、第二、第三歌集と、現代文明の変化と対立を、短歌という形式によってえぐっていった。「工学」と「文学」といった二者対立は、身過ぎ世過ぎの問題ではなく、さらに発展・錯綜しながらさまざまな課題と結び付いていった。

和語ほろぶ加速感ひたによろこべば機は離陸せり欧州が上《へ》に　『群青層』

あわだちて物質主義《マテリアリズム》の淵にゐるたましひのこといかに記さむ　『スピリチュアル』

対照性や意図があからさまな歌だが、坂井は古語や現代語を意識的に摂取した文語定型によって、現代のつきつける問題を積極的に短歌にとりこんでいったといえる。知歌という、伝統性と現在性、継続性と瞬間性といった相矛盾する要素を統一的にもちえる場は、こういった坂井の葛藤的な世界を体現した。時代がライトバース、ニューウエイブと、口語を取り入れながら、浮遊する、輪郭の朧ろな主体を指向する中で、坂井は激しい心情のうねりや葛藤を背後にやや過剰な演出も見せながら、個を屹立させてきたといえよう。

2

さて、第四歌集である『ジャックの種子』にも、そういった要素は強く流れている。例えば歌集中の力編「暗愚大帝」といった一連には、そのような坂井の特徴が遺憾なく発揮されている。

食終へし大皿は顔となりて冷ゆその極彩ぞ壮年ならむ
子の髪膚《はつぷ》溶解すとは見えざれどブルーグレイの芝草の雨
世界樹が繁るすなはち焼け落つる夢ばかりなりこの千年紀《ミレニアム》
桃あまたころがして夢へおもむくと暗愚大帝のごとき夜は来ぬ

力技によってぐいぐい押しながら、内部の渾沌と葛藤をえぐり、世界をとらえ現代の危機や不安を黙示していく。葛藤を反映して文体は屈折し、日常の生な現実を超えた世界が、何か狂暴な力に衝き動かされて展開されていく。こういった坂井が積み重ねて来たような世界がある一方で、この集には、短歌を短歌の外部に開いたり、メタフィジカルなものを指向するのでなく、葛藤や混沌を冷静に凝視し、ややニヒルに、私的空間や日常現実に回帰しながら、淡々と世界をとらえていくような歌が多く見られる。

雲の航　われら家族なす不可思議へましろき風はおとづれて消ゆ
菊に立つほのほは直《なほ》く立つものを秋空よわれははほゑみをらむ
そよ夢は時計台の上《へ》にこほりつつドン・キホーテに黄金《きん》の髭生《は》ゆ

冒頭近くの作である。一首目、歌の様式の中に、寄る辺ない、また揺れ動く家族の存在が淡く浮かび上がらせられ、二首目、菊花の炎の直立と対照つつ、微笑む「われ」が季節の中に淡々と浮かびあがり、三首目「こほ」る「夢」とドン・キホーテの黄金の髭は滑稽で切ない。それぞれ、景と情、言葉と心を巧みに融合させ、短歌の様式と密着しながら、激しい時代を通過したあとの、虚無的な相貌を立ち上がらせているかのようだ。

われはあるとき群青ふかき庭先にやぶれ箒を
かかへてわらふ
われはさむき髭燃やしつつ待つものをむくど
りの群ふくれて寄り来《く》
狂ひたき夢も一期も半分の残りなり百舌がき
しんと啼けり

こういった覚めた、冷笑的な気分や、やや早い老成を思わせる境涯詠風の歌はこの歌集にかなり多く、そこにそこはかとない哀愁と、衣を一枚脱いだところでの作者の呼吸が感じられる。おそらく、こういった方向は、四十歳を前にした作者の年齢や、いくつかの転職の後に「故郷」と呼ぶ東大に教員として戻るという、作者の実生活上の変化が関連しているのだろう。歌集中には、「会合のあまたの橋をわたりくれば二十面相めきてたのしゑ」「われにもう行くべき場所はあらざらむ大学院生どつと笑はす」など、職や研究にかかわる歌も多く見られる。それらには時に韜晦趣味が感じられ、私はあまり面白いものと思われなかったが、大きな対立と挑戦の物語がひとまず終了したところに日常生活の時間か浮上し、それを核としながら歌が紡がれていくところに、この歌集の一つの特色があるように思えた。そして、その中で目立って多いのが、子を歌い、子を介在させながら我や我の問題意識を歌っている歌である。

子は蒔けりジャックの種子を　われはもう見
守りもせぬはつなつの部屋

ひとは何度初雪といふものを見むゆふぐれの
子が空を見てゐる
かたむきて空中に立つ鯨よと告げやらむ〈父〉
を問へるこの子に
砂丘《すなをか》に立ちておもへりたまきはる世界終末に
あふはわが子か

一首目、ゆくえの知らぬ世界へ伸び上がっていこうとする「子」とそれとの距離をもつ「われ」をいってそこに親と子の時間の推移とわれの変容を彷彿とさせ、二首目、初雪のイメージを美しく繰り広げて、人間に積み重ねられていく時間を抒情化する。それぞれ緻密に計算がなされているが、そこに日常に引き付けた、やわらかな世界が広がっているといってよいだろう。

また三首目、子の質問に託して今日の〈父〉の危うさをいうが、「かたむき」といいながらもその「父」には、坂井らしい〈父〉へのこだわりが感じられる、また、四首目では近い時代の終末が、リアルに、また残酷に、子の時代に重ねられている。ともどもある主題をその背後に置くが、しかしそこにおける葛藤や認識をそのまま出さず、子を介在させて静かに具象化しているところにその特色があるだろう。「勝敗がなべてとならむゆふぐれを父もあゆみきなにもかはらぬ」といった、権力や闘争や孤独を内包した「父」の像の世界に身を委ねながらも、そこにワンクッションを置き、またそれを相対化していくところに、『ジャックの種子』の子を歌った歌があるといってよいだろう。それは、一面で葛藤や対立や挑戦がもっているダイナミズムをそぐが、一つの肩の力を抜いたところで、力の論理とは異なった、生身に人間にそった形で、その世界が見つめられ、表出されているといえよう。飛翔する観念を地上に結び付けて置くものとして、子に関わる歌があるといってもいいだろう。

そしてこういった世界への参入は、父に対して子であった男が、子の父に、それもかつての父とは異なった形でも父親になっていく過程といってもいい。

次のような歌には、「父なるもの」と「父」とのあわいの中で揺れ動く坂井の感情の襞がよくあらわれている。そしてその葛藤も、静かに幕を下ろしていくようだ。

うすやみの泥たちあがり父となるこの秘密子に知らるるなかれ
ひたひたと緑青の噴きいづるまで父なるものはわれを見つむる
父捨ててたどりつきたる薄命のすずしさやろろと啼く虫のかほ
ひまはりの屍《かばね》はただに黒かりと父いへり朝の歩みを終へて

さて、坂井の歌からは、人間や社会のありようや関係の把握においてある固定的な枠組みや見え過ぎる目や知性を感じることがある。それは、葛藤や対立を生み出す一つの構図、原動力だが、ある自由さや生な肌触りを抑圧もする。そのようなものが揺れ動き、解体されていく可能性を、この歌集は内包しているのかもしれない。近代の男性論理の終焉をも思わせるが、しかしそれが葛藤と対立を一つの軸としてきた坂井の短歌の表現とどう切り結んでいくか、またその先に何が見え、新たな世界や自由な羽ばたきが生まれて来るのかどうか、そういった期待と不安が、この歌集の読後に混在する。

3

さて、ある面からのみ坂井の歌を見てきたようだが、『ジャックの種子』の世界は多様で、その魅力はさまざまな方面に広がっていつ。最後にその一端にふれておこう。

アンタレス子午線上にかかるとき生ける虫みな蜜欲りて飛ぶ
髪のにほひ夜のすきまをわけくればカンブリア紀の海とおもひぬ

一首目の天空の蠍座の赤星の動きと地上の虫のうごめき、二首目の夜の髪の匂いと遥かなる時代の海。空間と時間を自由に行き来しながら、そこに官能的な気分を立ちのぼらせる。歌集中には男女の時間の記憶を呼び起こす魅力的な歌が見られるが、作者の資質は、短歌の言葉の中にエロスを溶け込ませて、美しく様式化する。

こういった世界と対照的に、次のような平凡なる世界の中の発見をうたうことも、この歌集の歌にみられるところだ。

いつしらにキーの湾曲としたしみて春となりけりこの端末も

荒物屋の大盥じんと光あり過ぎきておもふあづま空梅雨

たけ高く、感情移入の強い歌の中にあって、主題を先立たせた構図に引きずられているのではない、自然体での対象との向かい合いを感じさせる表現となっている。坂井の独自の感触と視線を感じさせるが、その行き着くところはいまだ見定めがたい。

石、花のごとく崩れて誰かとなふ殷・周・秦・漢ほろべほろべと

DNA葛《かづら》なしつつなだるるといまかぎりなき少年少女

一つの場や景や解釈を明確に規定することはできないが、崩壊していく現代の何かが、イメージや音として彷彿とされてくる。坂井の歌は、明晰に何かをいい、主張し構造化するものが多いが、謎のようなものを含みながら、浮遊を浮遊として、現在の揺れ動きや、境界をとらえていく歌の可能性もこの歌集は示している。

さて、坂井の上には、小高賢に見るような日常の場に密着して今日の生身の個の現実を写しだそうとする世代があり、坂井のすぐ下には加藤治郎に代表

されるような、時代の言葉と感性に依拠して新たな空間を創造しようとする世代がある。坂井はそういった短歌の現在性を吸収しつつ、時間や世代を越えて自らの世界を求めており、時代の混沌の中に坂井の現在もあるといってよいだろう。今日の短歌が抱えているさまざまな問題を包みこんだものとして、『ジャックの種子』の世界は底無しの深さをもつ。

（「かりん」二〇〇〇年一月号）

未知へのまなざし
——坂井修一論

大井　学

面白い歌、ライトヴァース志向が云々される中で、それらとはほとんど無縁に（略）、頑固なまでに自分の作歌姿勢を守ろうとしている（略）

第一歌集『ラビュリントスの日々』の解説で永田和宏が指摘した坂井の作歌姿勢は、現代短歌の流れの中において坂井の歌を、世代的に特徴付けたものだ。『ラビュリントスの日々』が上梓された一九八六年の前後には、八五年に仙波龍英『わたしは可愛い三月兎』、八七年に加藤治郎『サニー・サイド・アップ』と俵万智『サラダ記念日』が出版されている。そうした時代を考慮すれば、、近代短歌の「われ」のあり方を引き継いでいるようにも見える坂井の歌は「頑固」というイメージを与えたかもしれない。

不可知といふ予感はるかに烟らせて研究室にかをる煙草は　坂井修一

月しろの高きにいよよ迷ひをり学または歌・学および歌

指さきをふるわせながら試験管に水の澄みゆくさまを見守る　加藤治郎

ぼくたちは勝手に育ったさ　制服にセメントの粉すりつけながら

坂井の二首は『ラビュリントスの日々』から、加藤の作品は『サニー・サイド・アップ』から引いた。それぞれ学びの場や生徒・学生の時代を背景としていながら、歌の志向するものはまるで異なる。それは単に言葉や方法にとどまらず、永田の言う「作歌姿勢」に及ぶだろう。坂井の一首目、研究室に煙るたばこが「不可知」という予感を香らせている。人知に限界があるのは自明だが、研究の場において、未知の領域は打ち破られるべきフロンティアだ。しかし、それが「未知」であるのか、「不可知」であるのかは決定的に異なる。その断絶の間を煙草のけむりが流れる。知の涯まで行き尽くした瞬間の予感だろう。二首目の歌は、下半句における「または」「および」を論理和・論理積の対比として読むことができる。論理和は、いずれか一方が真であれば真だが、論理積は全ての条件が真である場合にのみ真である。この歌を現実の場面に即して解釈するのならば、「学か歌か」という選択を迫られた場面が想像できる。いずれか一つでも採れば正しいのか、それともどちらもを採ることが正解であるのか。別の解釈として、学問と文芸とが渾然として成立するような場面を、作中の〈われ〉が思案している、と読むこともできるだろう。いずれの解釈においても、〈われ〉が学問と文学とに、真剣かつ鋭敏な心で向き合っていることに変りはない。対する加藤の歌は、繊細かつ爆発的な若さのエネルギーを口語脈の文体で表現している。澄みゆく水に目を凝らし、「勝手に育ったさ」と言い放つ〈われ〉の姿は、健全な不良性を体現している。これらの作品は、ほぼ同時代を生きている作者の歌であり、詠われている〈われ〉の年代も近しいはずである。であるが、両者の歌の間にある差異は、口語文語の違いを差し引いても歴然としている。永田の言う「作歌姿勢」を考慮したとしてもである。加藤の歌に表れた〈われ〉が不良性を抱えつつもどこか健全であるのに対して、坂井における〈われ〉は、一見端正に見えながら、どこか本質的にアナーキーな、混沌としたものを内包しているように感じられるのだ。それは、坂井の歌の背景にある学問・人間観に起因し、従って、世代論から炙りだされる特徴ではない。

こよひはや学問したき心起りたりしかすがにわれは床にねむりぬ　　斎藤茂吉『赤光』

東海の国よりとほく来りたる学徒の吾よ今日をな忘れそ　　『遠遊』

「情報科学は歌ほろぼすか」ひとつ問ひ熟れゆく春ぞわれは乱るる　　坂井修一『牧神』

鳴きのぼるひばりの空よわれも見む「情ふかき工学」とふ神のまぼろし

狂ふまでコンピュータを疾駆させわれはなす世界終末予測

坂井が「親しい友人のように読んだ」とする斎藤茂吉の歌を二首引いた。対する坂井の歌は三首とも『牧神』に収載されている作品である。精神科医として日常を過ごし、大正期にウィーン留学することができた「エリート」でもあった茂吉にとって、学問は身近にあり、常に立ち戻る世界であった。引用一首目の「学問」が医学であったのか、文学研究が想定されていたのかは解らないが、学問したいと思いつつも床につくというのは誰しもが経験することだろう。「はや」という詠嘆と「しかすがに」というたっぷりとした逆説の語によって、思いと行動とが乖離する現実が印象に残る。二首目の歌は「四月二十日（木曜）オウベルシュタイネル先生をクロッテンバッハ街三番地の邸に訪ふ」という詞書をもった一連の最後の歌である。留学中の自らの姿、学問する感動を心に刻もうとした歌だろう。いずれも学問に対する真摯な茂吉の心が伝わってくる。一方、坂井の歌においては、学問の可能性が問われている。一首目。「情報科学は歌を滅ぼすか」という問いが「熟れゆく」時、「われは乱るる」という。「問い」とは、予感のようなものから、具体的な解を想定して問われるものにいたるまでの様々な過程がある。学問においては、こたえよりも、いかに問題をたてるのかが第一に問われる。その「問い」が熟れてゆく、すなわち具体的に措定される問題になったとき、〈われ〉が乱れるのは、問いへのこたえがおそるべきものであったからだろう。ただにイエス・ノーで回答可能な問いではないということだろう。二首目については「情ふかき工学」、「神のまぼろし」という語が鍵になる。工学という言葉には人間性の匂いが薄い。工学が人間の営為の産物であり、かつ社会生活の向上を目指すものであるのならば、それは本来、生命を包み、人を守るものだ。けれどそうした「情ふかき工学」は、「神のまぼろし」なのだと〈われ〉は言う。言いつつ「われも見む」と欲する。不可視の幻を見ようとする学究の徒が居り、〈われ〉もその一人である。「情ふかき工学」という見果てぬものの探求に身を捧げる決意が語られている。三首目はSFの世界ではない。コンピュータは与件から予測可能な未来を導き出す。与件が必要かつ十分であれば、シミュレートされた結果の精度は現実に近いものとなる。「想定外」という言葉を耳にすることが増えたのは、想定された前提である与件が確固としたものとなりつつあることの反影である。「狂うまで」という語はコンピュータの限界とその限界を超えてまで予測しようとする〈われ〉の姿との両方に掛かっているのだろう。これらの歌によって知られるのは、坂井にあって学問は〈われ〉の内側にあるということだ。実生活において学問の世界に近かった茂吉においても、やはり学問は外側にあり、外部のものとして摂取する対象だったのに対して、坂井にとっての学問は、問いもこたえもみずからの内にある。問う〈われ〉もこたえる〈われ〉も一人、すなわち内を問うことが、学を求めることだ。

その名鯤《こん》科学もて問ふものならず飢ゑかすかなる午後は思へり　『スピリチュアル』

かぎりなくふくらんでゆく泡宇宙その先を子はいくたびも問ふ

あわだちて物質主義《マテリアリズム》の淵にゐるたましひのこといかに記さむ

海といふ燃ゆる器ゆわきいでし「最初の生命」泡まみれなりき　『ジャックの種子』

ヨーロッパが雌牛なりけるそのむかし学ありて一生《ひとよ》樽をころがす

では坂井にあって、「学」とはどのようなものだろう。直接・間接に、坂井は作品のなかで、学の姿を描いている。引用一首目の「鯤」は荘子の逍遥遊篇に見られる。北の海に住み、全身は何千里あるかも知られないほどの大魚だという。化して鵬となり九千里の高さに空を飛ぶ。その鯤を「科学もて問うものならず」としながらも「思う」〈われ〉は、科学の限界をも易々と超える「人知」の世界にいる。それは二首目の泡宇宙の先を問う子の姿と同様であり、涯の涯にあるものを、更に知りたいと思う知の欲求である。同時にそうした魂は、現代における知の成果としての物質主義の中にある。知によって拓かれた現代において、本来はその知を求めていたはずの魂が物質主義の奔流の淵で泡立っている。消えたのでもない。疎外されているのでもない。流れの中にありながら、その淵にある。かつて生命はアミノ酸の大海に降る隕石や雷などの衝撃から生まれたとする論と相俟って、まるで「最初の生命」と同じ姿のままであるようだ。引用五首目の歌はギリシア神話と「樽のディオゲネス」と呼ばれたギリシアの哲学者の逸話とが「本歌」になっている。史上初のコスモポリタンとされるディオゲネスは世俗の名誉を求めず「徳」について考察したと言われる。プラトンとも論争した破天荒なディオゲネスはアレクサンドロス大王にも媚びなかった。神話めいたディオゲネスを坂井は「学」と呼ぶ。すなわち、自由な発想を、曇りの無い目で現実世界を見つめる姿をこそ「学」だとする。つまり坂井はこうした作品を通して、現代の知・学のあり方を語り、それが今のままでよいか、他のあり方はないかと問うているのだ。整えられた体系が学なのではなく、真を求めて問い続けることこそが学である。同時にそれは、混沌とした人間に直接に根差している。

情報社会の安全・安心の基盤には、必ず人間とは何か、社会の幸せとは何かを問うことが必要だと思います。このような問いかけが、実は生きる力の源となるものであり、社会を良いものにするためのもっとも大きな基礎となるものなのです。

『情報社会の安全知識』

「うはぁ……きついわこれ」／「ひぇー」／（略）

私はこうした意味性の薄い感情的な言葉を、価値のないものとして自分が考える対象から除外しようとは思わない。むしろ、人間が一次的に発する重要な情報として、大切にしたいと願うのである。

『ＩＴが守る、ＩＴを守る』

引用した文章はいずれも、坂井による情報工学の著述にある。一見短歌とは関わりのないこれらの著書においても坂井は「人間とは何か」という問いの必要性を説く。後者の文章は東日本大震災とその惨状に接した人々のツィートを見た坂井の見解である。直接な感情の言葉を、従って背景を考慮することなしには解釈できなくなる可能性のある想念＝言葉をも「考える対象から除外しようとは思わない」という。現在の技術では意味を持たない呟きも、それらを掬い取るためのアルゴリズムが開発された時、そこに人間の思いを伝える、新たな可能性の領域が拓かれる。坂井の作品が我々に語りかけるのは、だから人間として知の涯まで考え続けることの重要性だろう。人間の混沌や未知をそのまま受け止め、丸ごと考えること。そこにこそ「学および歌」の可能性が拓かれているのである。

（「かりん」二〇一三年五月号）

坂井修一略年譜

昭和三三年（一九五八年）
十一月一日、愛媛県松山市に生まれる。坂井誠一、佐知子の長男。四歳下に妹がいる。

昭和三十七年（一九六二年）　四歳
香川県高松市へ転居。父が転勤族だったため引っ越しが多く、そのたび土地や学校になじむのに時間がかかり、孤独癖がついた。これが文学好きの一因となる。

昭和四三年（一九六八年）　一〇歳
東京都世田谷区、続いて新宿区に転居。

昭和四六年（一九七一年）　一三歳
新宿区立淀橋第四小学校卒業。

昭和四七年（一九七二年）　一四歳
香川県高松市へ転居。香川大学附属高松中学校に編入。

昭和四九年（一九七四年）　一六歳
香川大学附属高松中学校卒業。香川県立高松高等学校入学。

昭和五〇年（一九七五年）　一七歳
担任だった国語の先生から文学部進学を強く勧められたが、悩んだ末に理系に進む。

昭和五二年（一九七七年）　一九歳
高松高等学校卒業。東京大学理科Ⅰ類に入学。

昭和五三年（一九七八年）　二〇歳
創刊間もない「かりん」に入会。いきなり結社に入ったので、投稿の経験が無い。

昭和五六年（一九八一年）　二三歳
東大理学部卒。同大学院工学系研究科進学。短歌研究新人賞次席。

昭和六一年（一九八六年）　二八歳
三月、米川千嘉子と結婚。東大博士課程修了。工学博士。四月、通産省電子技術総合研究所（現経産省産業技術総合研究所）入所。千葉県我孫子市

に住む。十月、砂子屋書房より第一歌集『ラビュリントスの日々』出版（第三一回現代歌人協会賞受賞）。

平成元年（一九八九年）　三一歳
五月～六月、学会発表のためイスラエルを訪れ、ヘブロンとエルサレムで車に投石を受ける。六月、情報処理学会研究賞受賞。

平成二年（一九九〇年）　三二歳
三月、つくば市の官舎に転居。四月、長男誕生。新方式の並列計算機の研究開発に成功。海外の研究者との交流が盛んになる。

平成三年（一九九一年）　三三歳
四月、米国マサチューセッツ工科大学（ＭＩＴ）の招聘を受け、同大学研究員となる。ボストン郊外のウォータータウンに住む。日本ＩＢＭ科学賞、元岡記念賞など受賞。

平成四年（一九九二年）　三四歳
三月末に帰国。十一月、雁書館より第二歌集『群青層』出版。

平成七年（一九九五年）　三七歳
三月、筑波郡谷和原村（現つくばみらい市）に転居。五月、市村学術賞受賞。九月、ＩＥＥＥ論文賞受賞。

平成八年（一九九六年）　三八歳
一月、雁書館より第三歌集『スピリチュアル』出版。十月、筑波大学助教授。

平成一〇年（一九九八年）　四〇歳
四月、東京大学助教授。

平成一一年（一九九九年）　四一歳
七月、短歌研究社より第四歌集『ジャックの種子』出版（第五回寺山修司短歌賞受賞）。

平成一三年（二〇〇一年）　四三歳
四月、東京大学教授。

平成一四年（二〇〇二年）　四四歳
七月、短歌研究社より第五歌集『牧神』出版（第二回茨城県歌人協会賞受賞）。十月、東大総長補佐。

平成一五年（二〇〇三年）　四五歳

十月、培風館より教科書『論理回路入門』出版。

平成一六年（二〇〇四年）　四六歳

三月、コロナ社より教科書『コンピュータアーキテクチャ』出版。この本はよく読まれ、情報理工学の世界で「坂井修一」ということこれを指すようになった。

平成一八年（二〇〇六年）　四八歳

九月、角川学芸出版より第六歌集『アメリカ』出版（第一一回若山牧水賞受賞）。十二月、五柳書院より第一評論集『斎藤茂吉から塚本邦雄へ』出版（第五回日本歌人クラブ評論賞受賞）。

平成二〇年（二〇〇八年）　五〇歳

六月、現代歌人協会理事。

平成二一年（二〇〇九年）　五一歳

四月、コロナ社より教科書『実践　コンピュータアーキテクチャ』出版。七月、角川学芸出版より第七歌集『望楼の春』出版（第四四回迢空賞受賞）。

平成二二年（二〇一〇年）　五二歳

三月、『知っておきたい情報社会の安全知識』（岩波ジュニア新書）出版。九月、角川選書『ここから始める短歌入門』出版。

平成二三年（二〇一一年）　五三歳

四月より二年間、「NHK短歌」選者を務める。

平成二四年（二〇一二年）　五四歳

二月、『ITが守る、ITを守る――天災・人災と情報技術』（NHKブックス）出版（第二一回大川出版賞受賞）。

平成二五年（二〇一三年）　五五歳

元日より一年間、ふらんす堂ホームページにて短歌日記連載。四月、東大情報理工学系研究科長。五月、角川学芸出版より第八歌集『縄文の森、弥生の花』出版。

平成二六年（二〇一四年）　五六歳

七月、ふらんす堂より第九歌集『亀のピカソ』出版（第七回小野市詩歌文学賞受賞）。九月、東大総長選考会議委員。同会議は、十一月に第三十代総長を選出したが、これに直接関わったことはとても貴重な経験だった。

平成二七年（二〇一五年）　五七歳
四月、東大入学式で式辞を述べる。放送倫理・番組向上機構（BPO）理事。五月、「かりん」編集人。
平成二八年（二〇一六年）　五八歳
四月より「NHK短歌」選者。六月、電子情報通信学会情報・システムソサイエティ会長。

続 坂井修一歌集　　現代短歌文庫第130回配本

2017年3月1日　初版発行

著　者　坂　井　修　一

発行者　田　村　雅　之

発行所　砂　子　屋　書　房

〒101-0047 東京都千代田区内神田3-4-7

電話　03−3256−4708

Fax　03−3256−4707

振替　00130−2−97631

http://www.sunagoya.com

装幀・三嶋典東　　落丁本・乱丁本はお取り替えいたします

現代短歌文庫

（　）は解説文の筆者

①三枝浩樹歌集
『朝の歌』全篇
②佐藤通雅歌集（細井剛）
『薄明の谷』全篇
③高野公彦歌集（河野裕子・坂井修一）
『汽水の光』全篇
④三枝昻之歌集（山中智恵子・小高賢）
『水の覇権』全篇
⑤阿木津英歌集（笠原伸夫・岡井隆）
『紫木蓮まで・風舌』全篇
⑥伊藤一彦歌集（塚本邦雄・岩田正）
『瞑鳥記』全篇
⑦小池光歌集（大辻隆弘・川野里子）
『バルサの翼』『廃駅』全篇
⑧石田比呂志歌集（玉城徹・岡井隆他）
『無用の歌』全篇
⑨永田和宏歌集（高安国世・吉川宏志）
『メビウスの地平』全篇
⑩河野裕子歌集（馬場あき子・坪内稔典他）
『森のやうに獣のやうに』『ひるがほ』全篇
⑪大島史洋歌集（田中佳宏・岡井隆）
『藍を走るべし』全篇
⑫雨宮雅子歌集（春日井建・田村雅之他）
『悲神』全篇
⑬稲葉京子歌集（松永伍一・水原紫苑）
『ガラスの檻』全篇
⑭時田則雄歌集（大金義昭・大塚陽子）
『北方論』全篇
⑮蒔田さくら子歌集（後藤直二・中地俊夫）
『森見ゆる窓』全篇
⑯大塚陽子歌集（伊藤一彦・菱川善夫）
『遠花火』『酔芙蓉』全篇
⑰百々登美子歌集（桶谷秀昭・原田禹雄）
『盲目木馬』全篇
⑱岡井隆歌集（加藤治郎・山田富士郎他）
『鵞卵亭』『人生の視える場所』全篇
⑲玉井清弘歌集（小高賢）
『久露』全篇
⑳小高賢歌集（馬場あき子・日高堯子他）
『耳の伝説』『家長』全篇
㉑佐竹彌生歌集（安永蕗子・馬場あき子他）
『天の螢』全篇
㉒太田一郎歌集（いいだもも・佐伯裕子他）
『墳』『蝕』『獵』全篇

現代短歌文庫

（　）は解説文の筆者

㉓春日真木子歌集（北沢郁子・田井安曇他）
『野菜涅槃図』全篇

㉔道浦母都子歌集（大原富枝・岡井隆）
『無援の抒情』『水憂』『ゆうすげ』全篇

㉕山中智恵子歌集（吉本隆明・塚本邦雄他）
『夢之記』全篇

㉖久々湊盈子歌集（小島ゆかり・樋口覚他）
『黒鍵』全篇

㉗藤原龍一郎歌集（小池光・三枝昂之他）
『夢みる頃を過ぎても』『東京哀傷歌』全篇

㉘花山多佳子歌集（永田和宏・小池光他）
『樹の下の椅子』『楕円の実』全篇

㉙佐伯裕子歌集（阿木津英・三枝昂之他）
『未完の手紙』全篇

㉚島田修三歌集（筒井康隆・塚本邦雄他）
『晴朗悲歌集』全篇

㉛河野愛子歌集（近藤芳美・中川佐和子他）
『黒羅』『夜は流れる』『光ある中に』（抄）他

㉜松坂弘歌集（塚本邦雄・由良琢郎他）
『春の雷鳴』全篇

㉝日高尭子歌集（佐伯裕子・玉井清弘他）
『野の扉』全篇

㉞沖ななも歌集（山下雅人・玉城徹他）
『衣裳哲学』『機知の足首』全篇

㉟続・小池光歌集（河野美砂子・小澤正邦）
『日々の思い出』『草の庭』全篇

㊱続・伊藤一彦歌集（築地正子・渡辺松男）
『青の風土記』『海号の歌』全篇

㊲北沢郁子歌集（森山晴美・富小路禎子）
『その人を知らず』を含む十五歌集抄

㊳栗木京子歌集（馬場あき子・永田和宏他）
『水惑星』『中庭』全篇

㊴外塚喬歌集（吉野昌夫・今井恵子他）
『喬木』全篇

㊵今野寿美歌集（藤井貞和・久々湊盈子他）
『世紀末の桃』全篇

㊶来嶋靖生歌集（篠弘・志垣澄幸他）
『笛』『雷』全篇

㊷三井修歌集（池田はるみ・沢口芙美他）
『砂の詩学』全篇

㊸田井安曇歌集（清水房雄・村永大和他）
『木や旗や魚らの夜に歌った歌』全篇

㊹森山晴美歌集（島田修二・水野昌雄他）
『グレコの唄』全篇

現代短歌文庫

（　）は解説文の筆者

㊺上野久雄歌集（吉川宏志・山田富士郎他）
『夕鮎』抄、『バラ園と鼻』抄他

㊻山本かね子歌集（蒔田さくら子・久々湊盈子他）
『ものどらま』を含む九歌集抄

㊼松平盟子歌集（米川千嘉子・坪内稔典他）
『青夜』『シュガー』全篇

㊽大辻隆弘歌集（小林久美子・中山明他）
『水廊』『抱擁韻』全篇

㊾秋山佐和子歌集（外塚喬・一ノ関忠人他）
『羊皮紙の花』全篇

㊿西勝洋一歌集（藤原龍一郎・大塚陽子他）
『コクトーの声』全篇

(51)青井史歌集（小高賢・玉井清弘他）
『月の食卓』全篇

(52)加藤治郎歌集（永田和宏・米川千嘉子他）
『昏睡のパラダイス』『ハレアカラ』全篇

(53)秋葉四郎歌集（今西幹一・香川哲三）
『極光―オーロラ』全篇

(54)奥村晃作歌集（穂村弘・小池光他）
『鴇色の足』全篇

(55)春日井建歌集（佐佐木幸綱・浅井愼平他）
『友の書』全篇

(56)小中英之歌集（岡井隆・山中智恵子他）
『わがからんどりえ』『翼鏡』全篇

(57)山田富士郎歌集（島田幸典・小池光他）
『アビー・ロードを夢みて』『羚羊譚』全篇

(58)続・永田和宏歌集（岡井隆・河野裕子他）
『華氏』『饗庭』全篇

(59)坂井修一歌集（伊藤一彦・谷岡亜紀他）
『群青層』『スピリチュアル』全篇

(60)尾崎左永子歌集（伊藤一彦・栗木京子他）
『彩紅帖』全篇『さるびあ街』（抄）他

(61)続・尾崎左永子歌集（篠弘・大辻隆弘他）
『春雪ふたたび』『星座空間』全篇

(62)続・花山多佳子歌集（なみの亜子）
『草舟』『空合』全篇

(63)山埜井喜美枝歌集（菱川善夫・花山多佳子他）
『はらりさん』全篇

(64)久我田鶴子歌集（高野公彦・小守有里他）
『転生前夜』全篇

(65)続々・小池光歌集
『時のめぐりに』『滴滴集』全篇

(66)田谷鋭歌集（安立スハル・宮英子他）
『水晶の座』全篇

現代短歌文庫

（　）は解説文の筆者

67 今井恵子歌集（佐伯裕子・内藤明他）
『分散和音』全篇

68 続・時田則雄歌集（栗木京子・大金義昭）
『夢のつづき』『ペルシュロン』全篇

69 辺見じゅん歌集（馬場あき子・飯田龍太他）
『水祭りの桟橋』『闇の祝祭』全篇

70 続・河野裕子歌集
『家』全篇、『体力』『歩く』抄

71 続・石田比呂志歌集
『孑孑』『忘八』『涙壺』『老猿』『春灯』抄

72 志垣澄幸歌集（佐藤通雅・佐佐木幸綱）
『空壜のある風景』全篇

73 古谷智子歌集（来嶋靖生・小高賢他）
『神の痛みの神学のオブリガード』全篇

74 大河原惇行歌集（田井安曇・玉城徹他）
未刊歌集『昼の花火』全篇

75 前川緑歌集（保田與重郎）
『みどり抄』全篇、『麥穂』抄

76 小柳素子歌集（来嶋靖生・小高賢他）
『獅子の眼』全篇

77 浜名理香歌集（小池光・河野裕子）
『月兎』全篇

78 五所美子歌集（北尾勲・島田幸典他）
『天姥』全篇

79 沢口芙美歌集（武川忠一・鈴木竹志他）
『フェベ』全篇

80 中川佐和子歌集（内藤明・藤原龍一郎他）
『海に向く椅子』全篇

81 斎藤すみ子歌集（菱川善夫・今野寿美他）
『遊楽』全篇

82 長澤ちづ歌集（大島史洋・須藤若江他）
『海の角笛』全篇

83 池本一郎歌集（森山晴美・花山多佳子）
『未明の翼』全篇

84 小林幸子歌集（小中英之・小池光他）
『枇杷のひかり』全篇

85 佐波洋子歌集（馬場あき子・小池光他）
『光をわけて』全篇

86 続・三枝浩樹歌集（雨宮雅子・里見佳保他）
『みどりの揺籃』『歩行者』全篇

87 続・久々湊盈子歌集（小林幸子・吉川宏志他）
『あらばしり』『鬼龍子』全篇

88 千々和久幸歌集（山本哲也・後藤直二他）
『火時計』全篇

現代短歌文庫

（　）は解説文の筆者

89 田村広志歌集（渡辺幸一・前登志夫他）
『島山』全篇
90 入野早代子歌集（春日井建・栗木京子他）
『花凪』全篇
91 米川千嘉子歌集（日高堯子・川野里子他）
『夏空の櫂』『一夏』全篇
92 続・米川千嘉子歌集（栗木京子・馬場あき子他）
『たましひに着る服なくて』『一葉の井戸』全篇
93 桑原正紀歌集（吉川宏志・木畑紀子他）
『妻へ。千年待たむ』全篇
94 稲葉峯子歌集（岡井隆・美濃和哥他）
『杉並まで』全篇
95 松平修文歌集（小池光・加藤英彦他）
『水村』全篇
96 米口實歌集（大辻隆弘・中津昌子他）
『ソシュールの春』全篇
97 落合けい子歌集（栗木京子・香川ヒサ他）
『じゃがいもの歌』全篇
98 上村典子歌集（武川忠一・小池光他）
『草上のカヌー』全篇
99 三井ゆき歌集（山田富士郎・遠山景一他）
『能登往還』全篇
100 佐佐木幸綱歌集（伊藤一彦・谷岡亜紀他）
『アニマ』全篇
101 西村美佐子歌集（坂野信彦・黒瀬珂瀾他）
『猫の舌』全篇
102 綾部光芳歌集（小池光・大西民子他）
『水晶の馬』『希望園』全篇
103 金子貞雄歌集（津川洋三・大河原惇行他）
『邑城の歌が聞こえる』全篇
104 続・藤原龍一郎歌集（栗木京子・香川ヒサ他）
『嘆きの花園』『19××』全篇
105 遠役らく子歌集（中野菊夫・水野昌雄他）
『白馬』全篇
106 小黒世茂歌集（山中智恵子・古橋信孝他）
『猿女』全篇
107 光本恵子歌集（疋田和男・水野昌雄）
『薄氷』全篇
108 雁部貞夫歌集（堺桜子・本多稜）
『崑崙行』抄
109 中根誠歌集（来嶋靖生・大島史洋雄他）
『境界』全篇
110 小島ゆかり歌集（山下雅人・坂井修一他）
『希望』全篇

現代短歌文庫

（　）は解説文の筆者

(111) 木村雅子歌集（来嶋靖生・小島ゆかり他）
『星のかけら』全篇

(112) 藤井常世歌集（菱川善夫・森山晴美他）
『氷の貌』全篇

(113) 続々・河野裕子歌集
『季の栞』『庭』全篇

(114) 大野道夫歌集（佐佐木幸綱・田中綾他）
『春吾秋蟬』全篇

(115) 池田はるみ歌集（岡井隆・林和清他）
『妣が国大阪』全篇

(116) 続・三井修歌集（中津昌子・柳宣宏他）
『風紋の島』全篇

(117) 王紅花歌集（福島泰樹・加藤英彦他）
『夏暦』全篇

(118) 春日いづみ歌集（三枝昂之・栗木京子他）
『アダムの肌色』全篇

(119) 桜井登世子歌集（小高賢・小池光他）
『夏の落葉』全篇

(120) 小見山輝歌集（山田富士郎・渡辺護他）
『春傷歌』全篇

(121) 源陽子歌集（小池光・黒木三千代他）
『透過光線』全篇

(122) 中野昭子歌集（花山多佳子・香川ヒサ他）
『草の海』全篇

(123) 有沢螢歌集（小池光・斉藤斎藤他）
『ありすの杜へ』全篇

(124) 森岡貞香歌集
『白蛾』『珊瑚数珠』『百乳文』全篇

(125) 桜川冴子歌集（小島ゆかり・栗木京子他）
『月人壮子』全篇

(126) 柴田典昭歌集（小笠原和幸・井野佐登他）
『樹下逍遙』全篇

(127) 続・森岡貞香歌集
『黛樹』『夏至』『敷妙』全篇

(128) 角倉羊子歌集（小池光・小島ゆかり）
『テレマンの笛』全篇

(129) 前川佐重郎歌集（喜多弘樹・松平修文他）
『彗星紀』全篇

(130) 続・坂井修一歌集（栗木京子・内藤明他）
『ラビュリントスの日々』『ジャックの種子』全篇

（以下続刊）

水原紫苑歌集　　篠弘歌集
馬場あき子歌集　　黒木三千代歌集